图书在版编目（CIP）数据

思与在 / 雨舒著. — 贵阳： 孔学堂书局， 2025.1
ISBN 978-7-80770-503-1

Ⅰ . ①思… Ⅱ . ①雨… Ⅲ . ①随笔 – 作品集 – 中国 –
当代 Ⅳ . ①I267.1

中国国家版本馆CIP数据核字(2024)第093159号

思与在　雨舒　著

SI YU ZAI

责任编辑：黄文华
责任校对：陈　倩
版式设计：刘思妤
责任印制：张　莹

出版发行：贵州日报当代融媒体集团
　　　　　孔学堂书局
地　　址：贵阳市乌当区大坡路26号
印　　刷：天津创先河普业印刷有限公司
开　　本：787mm×1092mm　1/32
字　　数：203千字
印　　张：8
版　　次：2025年1月第1版
印　　次：2025年1月第1次
书　　号：ISBN 978-7-80770-503-1
定　　价：42.00元

序

周瀚光

"思与在"是一个亘古而又常新的话题。我思故我在，我在故我思。思是思此在，在是在此思。不思如何在？不在如何思？思则无不在，在则无不思。本书作者以其真挚的情感、清新的笔触和优美的语言，把我们带入了一个思与在交融、在与思合一的诗意境界。

"思"是人类独有的天性和优势。人处于茫茫宇宙中，总会自觉或不自觉地思考自己与自然界、与社会、与家庭甚至与自己的关系。雨果说过："世界上最浩瀚的是海洋，比海洋更浩瀚的是天空……"而人的思维则比天空还要浩瀚。思维可以不受任何限制，它不仅可以遍及广袤的宇宙，还可以触及灵魂的深处。

本书是作者近几年来沉浸于书海、宇宙和时光之境中的心灵谛听与思考。同时，它是作者与外界和自我的对话，是一位女性在生命历程中的成长、觉醒与觉悟。生而为人，在四季时光里，在自己成长的过程中，作者不断发现：人生其实是一场生命意识不断觉醒的修行，人需要不停顿地深入思考并在思考中领悟、觉知。在思维的进程里，大千世界、时光生命，缓慢从容，看似流逝却从未流逝，一切都在酝酿和流淌之中。而人的成长，又岂是一段路程所能概括！以思考呈现生命成长之珍贵，是对生命最好的馈赠。

善思和助人是一个人的美德。用自己的思维火花去启示他人、感召他人，也是用生命影响生命的一种方式。每个人都是独特的，每个人都有自己独特的视角、思维路径和表达方式。书中的这些文章最初只是以散文和随笔的形式记录作者生命旅程中多个刹那的思绪和体悟，而正是这种"思"，让作者体味出一种"我思故我在"的别致以及奇妙的存在之境和生命价值——因思而在，因思而静，因思而远，因思而乐，因思而成长和进步……也正是这种"思"，使得这些文章在网络上发表以后，引起了许多读者的共鸣并深受欢迎。现作者将其汇集成书并出版，希望书中的片言只语能够给读者带来阅读的乐趣和生命成长的启迪。余乐见其成，并愿借此小序向各位爱"思"者荐之。

2023 年 12 月 24 日

（周瀚光，1950 年 7 月生于上海，著名哲学家，博士生导师，曾为华东师范大学古籍研究所教授、哲学研究室主任兼科学思想暨科技古籍研究室主任，上海市科学技术史学会副理事长兼秘书长，全国数学史学会理事。出版个人学术专著多部，主编学术著作 10 余部，代表著作有《传统思想与科学技术》《中国古代科学方法研究》《先秦数学与诸子哲学》等）

目　录

成长

成长，如何仅仅是一段路程？

每一天，每一时，每一分，悄然凝聚，有否一刻，聆听到滋长的生命之力？

沉浸在季节里，眺望远空，在空旷中发现，蓝色的永恒，永恒中的晶莹变幻……

风，自由的风，风涌婉转，迎身环绕，似在追寻一种渴求的浪漫，坦然如诉，呼啸吟诵……

风在天地之间真实存在，润物无言，安然滋长。

成长，如一只隐形的翅膀。遨游天际，天空中看不到翅膀的痕迹，而你已然在缥缈中旅行，风轻轻吹拂的方向，有你的身影。

成长，让人喜悦。成长，非年龄增长，唯美，唯好，唯想之要、之好的滋生、滋长，是一种完善。

成长，会让你更加信赖自己。让信赖成长为信仰，功绩来自成长中的探寻……

成长需要成本吗？成本是经济学里的核心概念，与"天下没有免费的午餐"异曲同工。

但是，请不要忘了，这世上最珍贵、美好的，都不在经济学的范畴，因为世上真正美好的，往往都是免费却又无价的。

生命的成长，是最珍贵的礼物，非被人围绕的生日宴会、收获价格不菲之礼物可相提并论。

天空、阳光、皎月、星辰、流水、清风，是我们每一个生命都需要的。

生命里珍贵之成长，唯有从生命本身之馈赠、赋予中得到。

时光之爱

自由，是一种经验吗？自由，更像是一种神秘。

神秘，属于个体，而经验属于众而化之。自由是什么？24岁的裴多菲说："生命诚可贵，爱情价更高。若为自由故，二者皆可抛。"

那时真是不懂，还能有什么东西比这两样更贵更重要呢！我们不都在大地上自由地行走奔跑吗，又没有牢狱锁笼。

法则、法制，需要遵守。自由，不在很多规则内；自由，不受经验的约束。

自由，在许多规则之外。自由，是独有，甚而孤独地"生长"，自由没有经验。

经验，或可学习得来，自由，是学而时习之，待为纵向升腾而来的景、况……

它，神秘、神圣，踏时而临，倏然而至、而生，它是另一境生命。

感知，召唤，倾泻而现，它是你的思涌之泉。

它赋予新意、鲜活、平安、喜乐，出人意表，又可遇险呈祥。时过境移，青春之漾，清新清目。

它赋予的是一种爱。

灵山

为什么，佛以莲花为座？

莲，清净自在，静宁安详。出于污泥，而开出天生圣洁、天生丽质、如幻如化的明目之花。

花，如语，却无言无语，不说一语，然又片片欲语。

不说一语的莲花，是用以观赏的，但却让看见之人能得真语……

花开见性，自然合美。开在人间的花朵，是天空云朵凝聚，飘落水中积聚，幻化、演化、衍生……

人间这一抹丽质天成，仿若，来自空谷中的悠悠回声，纷纷欲语。

欲语、如语，真语、妙语，如梦如幻，自性圆融。

所谓生活中存在之恒久，犹如千山万水，持而保之，佳境览胜，安然自若。是否，来自天空之"欲语"，迷幻一般的方向，却隐喻了人生中的"恒久"？

如果门开，只见美景，哪妨"不识庐山真面目，只缘身在此山中"。

此山之中，目光所及，山色景致，自然天成，只可意会，不可言传……

枝繁叶茂，安然清欢，此山即灵山。

独具要"塑"

人体因骨而立，肩骨为架，但非晾衣架。

写下这几个字，刹那仿佛顿悟：哦，原来肩骨之美，喻我，有承之之喻。

目之共识，美之为美，如山川雄奇灵秀、河流流畅蜿蜒、国家富强安定、家庭和乐万事兴。

人体，肩骨之上，为大脑，肩骨担当，脑为首领，领导全"体"。

心，在体正中，中为正。中心，发射至全部肢体。

我曾居武汉。武汉地处中国地理的中心，为九省通衢，地形上山环水抱、江河交汇、湖泊浩瀚，风与水引中而发，龙脉涌动，似乎可使中华之雄鸡更加精神抖擞。李白当年到此，眺望江上，写下"万舸此中来，连帆过扬州"。

气象变化，天气预报似常有偏差，虽然概率可确定。自然灾害，令人防不胜防。

人体，也为"气"流之体。地球之体，大气运动，更为复杂多变，微小差异，即会演变不可承受之后果。

未知而混沌的初始状态，经过演化，会有诸多变数。

肩骨之体，赋喻之外，独具要"塑"。

超越之性

云影之羽翅，你见过吗？昨夜，呈现在我的天空。

"天空没有留下翅膀的痕迹，但我已经飞过。"天空中，云之迹，排列成图阵，予我欢喜。天空厚爱，是我的热爱。我爱这一切：天宇之蓝、星星之耀、青山之影、云图之美。

拥有了天空，任意翱翔，在我目中万水千山可越，山脉奇景可览，风临旖旎又缱绻。

凤凰花儿开，喻我珍爱，世间这许多的美与好，我们需要一双会发现的眼睛。

珍爱眼睛，比爱惜皮相要紧。明目清澈、清晰，它连接着天宇的奥秘，直达心之海。所谓"留动而生物，物成生理，谓之形；形体保神，各有仪则，谓之性"。

世间爱、美，赋于一体，不求而得，不请而自来。青春，是一种爱，得之，幸也。

但行好事，莫问前程。前程，自然锦绣。福田之雨，天上来，奇妙，而不可言，真实景象，定格脑海。

一切突如其来，皆蕴含寓意。感性、理性之外，更有一种不拘泥于二性的"超越"之性。见证，历证，证与不证存在明显差异。禀赋，诚所获，亦天赋也。

万物之灵

周武王姬发有名言："惟天地万物父母，惟人万物之灵。"

人既为"万物之灵"，就为自然界里所有动物中的佼佼者。

人活于自然之界，大自然赋予人一切。人行于自然，成其社会范畴，人在社会里行事。人之所能，在于治理万事万物。

"万物之灵"，亦是大自然的宠儿，偏颇与偏爱，或是大自然独予人之使命。

人区别于其他动物，首先是因为我们独具一个特别的大脑，它的独特在于具有灵性，具有高级思维性，具有创造性，具有不断学习性，具有持续提升性……

既然为"灵"，此"灵"定是汲取了天地大自然的"灵性气息"。影视剧中，不乏于攸关生死存亡的时刻求"吉凶祸福、得失存亡"

种种情景，喻寄托灵志、向天祈福。

人能成事，人亦要懂得遵守"天之道"，与万物相沟通的，唯光明之"灵性"。

在人文的进程与更迭中，灵性是否通达，取决于人的行为规范更合理还是滞后。

灵性，亦非特殊能力，而是与生俱来的，当然也需在修炼中不断成长。永远也不要忘记生而为人的本质。自然之中，白天有白天的光芒，黑夜有黑夜的静谧……虽然白天有时候不懂夜的黑，然而，所有的明天却依然是新的一天。

以质为荣

认识自己，是个核心的问题。

小学生，中学生，甚而再大的学生，甚而走上工作岗位，甚而成家又有了小孩子，就能真正认识自己吗？

往往，心智、思维等未得发育完善的情形下，所谓"认识自己"，基本上是从家长、师长、朋友，以及周边之人处得来的。那么这个你，又是你吗？

他人眼中的你，如多棱镜之边角折射。

被视为西方哲学奠基人的苏格拉底，通过自己深刻的探究与实践而得出一个结论："未经审视的人生不值得度过。"

此言论正是点明了人在自然与实践中需要"自我认识"的重要性。否则，迷茫之旅途，就耗费了宝贵、昂贵的生之涯。

道学学者概括千古圣贤老子的《道德经》说："万物之始，大道至简，衍化至繁。"这是先哲对自然之道的认识。大道至简，大美至简。

而万千烦琐，在于心口嘈杂，喋喋不休，呱呱而噪。这些嘈杂，却不是对探寻真理的津津乐道。

如果将极致之美、之好、之乐视为一种追求的话，要首先从认识、认知自己开始。

认识自己，要去实践，以梦为马，以质为荣。

赤子孤独

"赤子孤独了，会创造一个世界……"

三十岁之后阅读了《傅雷家书》。少时也阅过一些杂书，怀揣了些许不一样的所谓情怀吧，二十多岁于鹏城的中心位置，昂然开了一家以小说《飘》为绘画主旨的西餐·咖啡·画廊，将书中经典人物、场景，以不同的绘画形式展现。

若干年后，我与友人在一家酒店餐厅用餐，仍会有陌生人走上前问候。然而，即便赋予过某些场景符号的印记，亦是尚未读过这本"家书"的。

《傅雷家书》，应该是我的"启蒙"之书，后来凡见到可送之人，就亲去中心书城买来相送，也不管别人是如何待之。后来也听说"人家企盼的礼物并不是这个哦"，这才如梦方醒般觉悟，哦哦，原来如此，后知后觉啊。

前些年，在鹏城音乐厅欣赏傅聪音乐会，他的年龄，已超过他父亲在世的年龄。

傅雷先生夫妇，以如此决绝的谢世留下生而为人的风骨。中国的傅家，似一面风中猎猎飘扬的旗帜，永存人间。

江上的城

"街道口的风

撩醒了夏虫

竹床上的小孩儿做着梦

……

在这里长大

轧过大桥说过心里话

黄鹤楼的诗

烂熟在嘴巴

多少次我低头默念啊……"

去年，某一个时刻，初听到这第一句"街道口的风"，噢，是我的街（该）道口哦……

以前，无数次和朋友在那条街上溜达、玩乐、经过。街道口，是我在这个城，来来往往的必经之路。

冬天雪落，好多次雪后停车，到了街道口没有回学校的公交车了，就徒步从这里出发走回去。路途中常有好心"驾车人"会停下来，问我去哪里，搭送一程或干脆送到终点。我文质彬彬的样子，沾了外人很多的好处，在外面总有助人为乐的人。

什么时候有了故乡的概念呢？是那篇文字的开启，不得不说是它的存在，让我感觉到了非一般的文化之美。诚挚的文体，思维的意境，让这个我不曾留意过的书写者，增加了质感和厚重。

那一年的国庆节，刚好回到这个江上的城，在江北之岸的全玻璃幕墙客厅里，仿佛就要屏住呼吸，因为浩浩荡荡的长江横亘在眼前：江上往来的渡轮、船只；和好朋友轧过、风驰而过的这座著名的大桥；江面对岸，蛇山之巅挺拔的黄鹤楼，似一幅展开的无限江山的流动画卷。

这些景象，这样影映在眼眸、脑海……

那一瞬间，即想到读过的那篇文。此前只觉着不同凡响，功底深沉，也别无他想，此刻突然就觉得，它是诗一样的语言，撞击了今天我眼前的这么美的画面，这是长江上最美的段落啊……

从此，思念和故乡，伴随着弥漫的惆怅，流水般生长……

江上的城，倾国倾城。悲欢和眷念，唯有在思念中拥有。

前景

人生的前景在哪里？

所谓前景，顾名思义：人生之涯，前方的景致。

景致何如？说来说去，涉及线路之图，如无影之手，谁与定？

景致何如，由心而拟。所谓人生，应握命在手，从"上方"拟订前景之景。

何是上方？不在外围，不在人群，唯在"境界"方域……

更高，更高，"高高在上"。永远攀登，登顶，是唯一的目标、方向。

资讯合成的世界，多遥远的距离，都同为地球村落。和谐之音不易，平定外围，平定四方，如同水浇枯木，耗费资源。

生活的状况，如何诠释？好与非，喜与悲，各种景致，都在局限之中，又在无限之境。

外部世界，能否赋予生命前景？就算能，也常常有局限。生涯的前景，需要智慧能量的加持。

智慧之意识，唤醒生命能量，能量产生源源动力，方可跨越一个又一个围栏。

主宰生命的意识能量，源源流动……

无限之境，境界，景致。

信仰

风过无痕，雁阵横空，万物有灵，水天永恒。

信仰，是什么呢？信，相信；仰，仰望。相信和仰望，就是信仰。

四季轮回往复，周而复始，欣欣所向。秋，浸色中的秋，无语倾诉，涓涓汇入思绪……

仰望或低眉，皆甘之若饴、安之若素、自若坦然。

如果，季节是信仰，你无法不虔诚。它于脑海生出"境"，无限酝酿，已是世间绝佳之色。

信仰，是热爱，是热爱中的沉思，乃生命所承载之境界，会升华、结晶。

信仰，为菩提本相，自性而生，生生复生生，生机的种子，于生长中绽放。

运动员极致运动，极致苦练，赢尽天下，才能获得极致荣誉。修炼之信仰，不为领奖台所授之奖，舒然自知，也是天赋。

雁南飞，结伴行，峻岭重重，天地悠悠。生命的青春，唯惜者"恒"。

信仰，是一种永远，永远正青春；信仰，是一种力量；信仰，是一种生命姿态。

信仰，是你未见过的花蕾，朵朵绽放在天之外……

超然

门庭、院落、山水、天空、草地，是人居空间的构造之图、之景、之境。

安宁、祥和、美观、威仪或雅致、清新，都可以是环境中的场景。

简约风流行于现今，所谓简约其实不简单，人居空间表达了个人的风尚、喜好、眼光。

推门而入，造型、色泽、线条等所构成的空间之境，让你感觉舒悦、端庄、清雅、气韵，仿若置身于一片祥瑞中。

物以类聚，风与水，人人向往。

"风中有朵雨做的云"，云天之下，风和日丽，"哗哗"雨倾，皆为滋润、润泽。

泽被万物，包括人。人，也一物。

风雨之中，别样滋味，心验、身验，脑海储之，时时可观，可复现……

境，境中之静，静能生慧，慧则生智。赋骨以体，有体则通达，浑身经脉，脉脉相连，可自由循环。

自由，从本体出发；体质健康，因内而健。万物事理，简洁之至。

健康，更为一种环境，要求精神简洁、洁净、纯粹。

因端而正，因清而雅，因舒而悦，气韵之祥，利于身心。

健康的身体，任何时候都是最真实的财富。无知者可以无畏，无畏，可能是一种强大，有所畏，也不一定就是懦弱。我以为，无畏比不了不害怕。

不害怕，是永远的希望。希望，是人的神采。哪怕已110岁，遥遥相顾，无有同类，又如何？不害怕，便超然。

思维

个人生命体产生的愉悦感，从我们意识中而来。孩提时的愉悦很简单，给他关怀、抚慰、笑容、玩具、糖果，他就是快乐的。

简单吗？也不太简单，这已经是全部啊。家长做到这些，就基本是合格的。

现如今，要求"家长"更多。社会，一部手机，便可看遍种种"会"，一切摆在眼前，呱呱之噪。有多少学子学清风"翻书"呢？

读万卷书，行万里路。书与路，路与书，书中有道路的方向，路途中也可踏出一部"书"来。

关键在于要翻书，行路之人，学而应思，思之要悟，悟而能化识。真知与见识，一个也不能少。

现今，看重学历，此历却不等同于智慧与思想。

思想与智慧的聚合，以专注为前提，且要付出相当多的时间与功夫，更要深思、践行。

所谓能量释出，须有不断的储能与再造功能。

"我思故我在"，只有当一种思维状态行进在自我的脑中时，思想才能属于自己。

当你拥有它时，思维如一朵璀璨的花蕾，为你绽开，那种觉知之验，是一种极致快乐。生而为人，至此，不虚此行。

来自思维、思境中的愉悦，是自我生命本体的觉醒，是全部身心专注的感知。

这种感知、知觉，不是其他物质之欲得到满足可比拟的。它来自神秘神圣的能量场，它仿若生命活体植入的超级昂贵奢侈品。

金钱，虽好，但也买不来。

我思，故我在。思境中，思的召唤，思的凝聚，宛若告知你生命的奥义。

纯粹

来得快的东西，去得也快。我这么斯文之人，之前也会和相熟之人吹牛："你猜猜，我的运气有多好，我赢了……"

可是，后来呢，我有没有再和人说？哦，也说了。全又输回去了。

昙花一现，就是如此吧。

那时间，不会思想，仅有微薄的情绪，不明事理。唉，成人期如此漫漫。

常常怀疑，和他们，所有的人，不在一界。历来历历，不知所然。

纯粹，精神之验，好过肉体之苦。孙悟空神勇无比，还要历经太上老君炼丹炉的烟熏火烤，炼就火眼金睛。

纯粹，为精神而非物欲，也可有涵盖之物欲，世间美好之物，纯粹之人更能鉴赏之。青春，属于纯粹的生命活体。

更上层楼，更上层楼，为伊消得人"纯粹"。以纯粹赋之，谁言关上一扇门，就会为你打开一扇窗？

纯粹，赋于个体，好似这一扇窗。一扇美好之窗，是美好之景、之象，窗前，一片神奇天宇……

世间万象，何与之关？任何疾病之源，不出意外，皆由长期不良的情绪积累。好的情绪、超越之情志，是生命美好的迹象。

纯粹，其实是一种自然，自然的天成，自然的生长，却在发展中逐渐成为一稀缺资源。

好像真理，也只少数人得晓一样。

相思树

岁月之轮，一渡无返，渡口岸边看不到一棵可以相思的树。

阳台栽树，倚栏风雨；云端皎月，谛听星辰。

仿若回应，《长江日报》即刊登出这样一棵可以相思的树。美好有境遇，邂逅于其华。

生机

"助人自助。神，助自助者。若有神助，其实是人的自助。"这是若干年前的短信时代我回复他人的话。

晨梦初醒，时有梦境历历于脑海：一位极年轻健美、全身黑色紧身衣的男子，明净快乐，极速地向前方奔跑，奔跑……去年生日之时，一位我尊敬的高龄长辈于睡梦中安然辞世，听到消息，心中有不可思议的慨叹。

在哪里看到一句话："人总只有人的力量。"天地纵横，日月星辰，东西南北，愿意相信：人总只有人的力量，唯此力量永恒而有无限生机。

空谷回音

偶然事件，无法预测，愿赌服运。想到那年，以 2000 元赢得 50 万元，何等的神采飞扬、凤仪生威！

有部电影，讲赌城，赌与古典诗词完美结合："试问岭南应不好，却道：此心安处是吾乡。"

今时今日，依然身处繁华街口，却不染热络，定睛聚焦，只是寻找安处。影片中，山峦流水之间，浪子远归屈子故里："浮扁舟以适楚兮，过屈原之遗宫。览江上之重山兮，曰惟子之故乡。"

当那人手抚胸口，吟出："此心安处是吾乡……"一击即中，恰如空谷回音，久久萦绕。好演员，很好的表现力，他应该一直演下去。

万古江水，潺潺不息，屈子魂魄，慰藉端午。

说说"吃"的那些事

对于我这样饿了才想起吃的人，现如今，好不容易菜上桌了，刚要动筷，突遇一声："别动，等等，等等。"

哦，"咔"了才能吃。

为什么没那么"好吃"哦，还真琢磨过这个问题，因被好友问到过："你在外面有没有吃不到咱这儿的好东西，很想念咱这儿的美味，一回来，立马就要奔地儿解馋，好好享受一番，满足味觉的需求？"

唉，还真没有哦。

往前追溯有关"吃"的历程，以前还开过一家有些知名度的西餐厅，敢收人15%的服务费（开业始，后取消）。每日用餐，除了让大厨亲自下碗青菜肉丝乌冬面外，不曾品尝过他最拿手的西冷牛扒、T字牛骨……

"人间有味是清欢"啊，我可能就是从那一碗清汤寡面里悟出这个道理的。

再往前，20岁参加一项大型活动，有幸吃到钓鱼台国宾馆的晚宴，当然不是为了吃饭而去，所以心情也不在吃上。杯光斛影间，士绅名流之名入耳之间，美食画面仅停留在巨型帆船上的那只烟雾缭绕、升腾的龙虾上，以前没见过，很震撼。

再往前，少年、童年，馋嘴的年纪，对好吃的东西，自然是非常向往的。那时候虽然物质相对匮乏，但我所处的城市还算比较富庶，长江、汉江在这儿交汇，湖泊水域浩瀚广阔得像大海一样，正如歌里唱的："秋收满畈稻谷香，人人都说天堂美，怎比我洪湖鱼米香啊……"

没有好吃的念想留下来，可能要扩展到有关温暖和煦等深情深奥而不得其解的话题。

没有那么热爱美食美味，冰冷的季节里，一杯热腾腾的豆浆，已经喜悦洋溢……

或许，还是因为不太会做饭，所以对食物才没那么挑剔吧。

咱的人生哲理：饱食一餐，常常保持饥饿，才能产生深刻的意识。这个很重要。

在这个季节不分明的城市，坐在中心城的露天吧，听到林志炫的《秋意浓》："秋意浓，离人心上秋意浓。一杯酒，情绪万种……"

秋意浓，阳光正好，心情也好，没有喝酒，看看时间，已近17时。今晚可以不用吃了。

读书

曾经，也对人大言不惭地说："我也算博览群书了。"

曾经和现在，喜欢读万卷书，如行万里路。读书，于我而言，是一种获取"风景"的方法。真正的风景，不在于追赶一条趋之若鹜的旅游线路，不在于到此一游的旅游照片，而在于拥有了新的目光，更加辽远的精神领域。

活着，心是丰盛的，心是在探索的。不管身处何方，在不在行程中，生活都会充满奇趣与快乐。

微语舒言（给心理学家的留言）

凝神时刻，思绪悄然而至，游离于现实与幻境之间，就像黑夜与白天不停地交替……

书卷多情似故人，自己也是自己的故人。经过锻造的自我，才配拥有相得益彰的深情。

夜色中仰望星空，面对南海。人向死而生，有问题才是常态，不断探寻，不断自我修复，就是所谓的意义吧。面对终极问题，越是伟大的人越可能悲哀。

懂悲伤，才懂人生？还是不要悲伤的好。

个体的命运，我以为是生命基因赋予的，每个基因都自带密钥。没有体会过哀怨、别离，何以拥有向往、感悟美的能力？

这个度可不好把握哦，在思想的隧道单兵掘进的人，才有此深刻的体悟。

悲悯、善良，有大爱。付出汗水、眼泪的人都是有价值的。虽生而不同，有人看得见且感同身受地怜惜懂得，这便是一种高贵的意义。

真美。梦里思念，永远的故乡，乃个人在人间的源泉，精神图腾……

深入的思想是体验过绝对的孤寂。孤独的漫步者，是有特殊的客观条件的；您有温暖的家庭，周围环绕着温情，却仍懂得孤独的意义。如此深刻，佩服。

幻念，可能真的有，只是极少的人遇得到吧。所谓天意玄机。

能打动、影响他人的人，一定具备这个觉悟。此觉悟非凡、罕见之人必然天生拥有。

气韵

物以类聚，人以群分；孟母三迁，择邻而居；若为柏杨，俊鸟来栖。

《黄帝内经·上古天真论篇》里讲到"气"之流动，对人的重要："虚邪贼风，避之有时，恬惔虚无，真气从之，精神内守，病安从来？"所以说个人气质实在是生命的主宰力量。

一切重要中，健康为生命基石，是活力的源泉。个体之气质、自然之气韵共生共荣，反映了一个人的精神面貌、生命修为。个体性情，即性格与情致，由内在的修为养成而后散发。凡有所历、所学，皆成自体性格。

性出于天，意为出于天空之气韵育化，气清则人清，气浊则人浊。故谓凝结沉浸之心神，为滋养吐纳运行之践行，气韵之行是生命之灵。

美好的事物，源于生命之妙。气韵之韵，神采之神，信之恒信。

紫气东来

物理学上说，光的颜色不同是因为它们的波长不同。七色光，是太阳光经过三棱镜后形成的，按红、橙、黄、绿、蓝、靛、紫次序连续分布的彩色光谱。波长越来越短，能量越来越大、越来越强之时，紫色光显现。

"紫气东来"这一成语源于秦函谷关的传说。2500多年前，把守函谷关的关令善观天象，他看见"紫气浮关"，一团紫气从东方飘来，认为必有圣人来到，赶忙迎接，只见一位老人骑着青牛徐徐而来。老人正是老子，关令款待他数日，请他著述。老子推辞不掉，于是在函谷关留下了著名的五千言著作，世人称之为《道德经》。

紫气东来，可否理解为老子正是天地之"紫气"？最为祥瑞的能量，产生于 2500 多年前的古老东方，孵育出中华文化的根基之一。

"道可道，非常道。"路，都是用来行的，如何选择行走？道：路或规则、规律。行进中发生或衍生出的，将会可知，又未必可知，种种可能的常规，更有随着事物、方向的发展变化而不断衍生出的非常规性质……

因为事物是在不断变化中发展的，没有固定的界限和限制，任何成路之路都可行之，谓"道可道"。所谓"非常"，非凡俗普遍性的道义之理，却可能在行进途中发展、显现，绵延发展出深刻的含义。

这也说明所谓存在中的规律、道理，并非一成不变，它们也会随着时代环境的变迁、发展而"与时俱进"地更新。

这样独辟蹊径的理解，老子想必会莞尔而笑吧。"紫气东来"的老子，以非常高妙之阐述，打破常规思路，生化出千古名句"道可道，非常道"。

如何理解、释义，将交与每一个求索中的个体。紫气东来，噢，你要多抬头。浸泡在"生活中"，只为寻思"生活"，"生活"即是"道可道"。

在生活中，要善于抬头仰望天空，懂得敬畏，懂得思索，"抬头"，才有机会看见那抹瑰丽的色泽。

东西方云端之气韵流动，2200 多年后，德国古典哲学的创始人和古典美学的奠定者康德说："在这个世界上，有两样东西值得我们仰望终生，一是我们头顶上璀璨的星空，二是人们心中高尚的道德律。"

不约而同，相距千年的两位智者，他们交会于天空。

日历

假日连接年轮的交接更替，日历是谁发明的？不论有没有日历运行之记录，白天和黑夜都依照着自身规律，不断交替，循环。

时间的变幻，我们感受在其中：白天黑夜，风和日丽，满目青山，波光粼粼，月亮照型，星辰之位，天气气象……

宇宙按照自身规律运行着，一切生灵生灭都遵循它的法则，地球自然也遵循着宇宙的秩序。人的生存、发展，如何合宜合适？心之安然！坦然而出合理，与所谓的意义。

但，这需要人去经历，去体悟，去修炼。

虽然任何生命都是有限的，但在孩童的眼里，生老病死仍是未知与不可想象的。初始与新生，对生自然不会产生无力感与不安。孩童天天在成长，其实成人仅是经过了比他们多一些的时间罢了，那么成人为何不能继续"成长"呢？

人世间之一切，喜悦就是生机，悲观即是凄苦。青春，不仅仅是年轮的代表。青春，永远属于破土而生的崭新生命。

天上月，水中月，从魏晋南北朝至今天，一直是同一月。在月的身上，有没有时间呢？时间里有故事，有生长有消失。在人的眼里，时间恒在。

是被时间困扰，还是在时间里"生长"？时间不是归宿，时间，让我们不断觉悟。所谓觉悟，就是生机，就是崭新之生命体本身。

立秋

看到日历，今"立秋"。立秋，是秋天来了吗？好像还未到，可心情似有秋意。

一年中，这个节点，毫无疑问是个转折点，万物开始从繁茂成长，逐渐趋向于萧瑟、摇落。

秋天，身处南方以南回望，那种落叶沙沙飘卷于风中的景象，似乎定格在少年的内心，经年都在响着……

聆听它丰盈的"簌簌声"，仿若接收到了秋天无私的馈赠。

这个季节有着非凡的神性，气韵空灵澄澈，静谧旷远，可揽江山入襟怀。

万物之间，和而自在。

人性之美

何谓人性之美？

个人觉得，标签定义不必繁复：厚道，是一个人最良好的品质。天性淳良，有道德，后天追加的知识素养，分辨得出美、丑、善、恶。

简单说，男人有正义，有责任，有担当，品性优良；女人良善，温和，自爱，不狭隘。

如此这般，世界就美好了。人活着，区别于普通的动物，头脑再高级些，求索更高更好更美的精神境界，即为拥有了人性之美，如此而已。

思想

　　人的思想是会消失的，指的是一个人产生璀璨思想的时光不可能是永远，只能是在时光片段里，留下的是一个一个时空中的精华。人不可能一直保有这样的时刻，身体状况是一个因素，但不是全部的因子。大脑是，头脑之美，才是完美。

　　那一刻，那一空间时间极宝贵。什么是幸福？某一时刻深刻的迷茫，也属幸福吧！在生命的迷雾中探寻，是一种幸福。一个时空里的交汇，好的思维，来自大脑的专注、静宁，它赋予了一个人光辉。这样的时刻，我想是天的赠予。天意悦一人，必予之，如此幸事，不是寻常的体验，非常难得。

封城

　　一年或两年，往返一次江城，谓之故乡的地方。现如今江城封城……

　　常是独自回城，独自驾驰千里返故乡。路途中，车轮爆胎，而我安然无恙，完好无缺。

　　风驰如烈酒，孤独且自由，何须瞻前顾后，行走如万马与千军。反之，停下来，也常如拥有千军与万马。

　　声势源于血脉奔腾，知世事而依然清澈。论事析理，抽理入赜，一人足矣。

她

她，那个身穿蓝色制服、纤纤娉婷的身影，在天空之域，机翼之内，如一缕和煦的风儿，滋润着我那一日干燥无绪的魂魄。

谁在纸袋上落笔横飞，却不知所云。特殊时期，可见的只有眼睛，她来到我的身旁，一次次的关照，给予餐食饮品，调位。去过一次洗手间，她特意又来到身旁，伏下身体，从口袋掏出一小瓶悄悄说："这是我自己的，你伸手，然后搓一搓。"

熄灯了，望着机舱外黑的夜空，间或瞧得到下方点滴的灯光，但夜空却是茫然不着边际。她又来到身旁，说："你要写东西，我帮你开灯。"我说："不用了，谢谢。"

下机，舱门口两位空姐，一样的制服，一样的身高，竟然不知哪位是她，有没有一位是她，本想说声谢谢，匆匆一瞥，终没说出。

所有的日子里，能够记忆的，是这般的抚慰。投射在身上，寻觅在心间。永远到底有多远？永远，伴随着脑中意识绵延共存吧。

寻找

"如果竭尽自己的努力仍然一无所得，所剩下的只是善良意志，它诚如沉睡的宝石一样，自身就发射着耀目的光芒，自身就具有价值。"

寻找的过程，可能即是发现自我的过程。自我是什么？为什么这个自我是如此的生命状态？哲学家都不在了，文字之光耀在。

星空，夜夜都在头顶上方。那颗最亮的星，夜夜都在眼前的屋檐之上，和它说话是我喜欢的事儿。有时它被云层挡住，云朵变化着形状消散，它总是会令我惊喜地显现，昨晚如此，很多个夜晚都是这样啊！

天空太美，每夜都不一样，星星的数量不一样，夜空的蓝不一样。这个季节的云，就像一位温润的女子，泛着绵柔纯净的光泽，让人不由自主地沉迷，想多看一会儿，再看一会儿。

凝望

这座山，这片湖，这段路，一遍遍，一回回，凝望过，行驶过。

湖畔尽头，丛林掩映中有片老墓园，围墙围绕着。那一日，临近华灯初上的黄昏里，独自穿越，伫立……

鸟儿惊飞啼鸣，众魂魄无声。

出园沿着湖岸线回返，水天之间灯火相连，似星光璀璨绽放。

时间，永远的少年，于人类却残酷，某一时刻，也能让人获得它非凡的赏赐，比如无畏无惧，宽广博大，静水深流。那种胆气，只有跌宕起伏、潮起潮落、锻造过的灵魂才会有吧！

星星之目

一念起，脑中意识，被此时空之灵触抚，所谓觉知，瞬时而生。一个感觉、一个意识萌出，产生多么美妙的觉知。

只可意会、自觉，江河于体内奔涌不息。

时光中，某些灵动之感交汇互动，共振而生，绵绵延展。

愉悦、惊喜皆由己而来，亦是一种意想不到、意料之外的创造。自我真的可以飞翔，仰首天空，发现云朵描绘出的一只美目，那颗星星，恰好就在它的眼眸之中闪耀。

星星之目，注视着某个方向。我相信的，它也在觉知。

"织"得美丽

从前开博，是想"把心织得美丽"。这儿是一个无人区。

要做一个守得住秘密的人，这样的人，天可眷惜。

多么漫长的一个过程，却又好似一切还在原点。从前的人们，稀有相见，于我更甚。再相见都有了变化，她们说我和原来差别不大。呵呵，时间雕琢了岁月，人人都一样。唯有的不同，她们看不到，我身体内有一条江河，那是怎样一种感受呢？某一天某一时刻，那样猛烈地、扑簌簌地狂涌奔流而来……

不是 20 岁，不是 30 岁，是现在和以后。

丰盈、富饶的生命感知，是我的贪图。年纪青涩时，除了外形的悦目，还有什么呢？或都不知晓"青春"是什么。来路的荒瘠冰凉，不想回望和拥有。只是，只是少年的身影，就此立成了雕塑。

她，还有她和她，问过我的问题，我的回答统一简洁："嗯，我打通了任督二脉。"

年少好吗？除非你是天纵之才。否则，除了外形的青春，还有什么呢？如果人真能活500年，20岁、30岁、40岁能有多大区别？当然这是不可能的。所以，我们悲伤。

孤独

昨晚看到一个王石的访谈，有点感触。他无疑是个有思想有高度的人，在高龄攀登过两次珠穆朗玛峰，仅此就占领了一个高峰。

虽如此，在峰顶上，人的身体的受限，因器官衰竭、毁坏而产生的巨大恐惧，比死亡更甚。他这样说："人要死，知道要死不可怕，可怕的是孤独。临终关怀太重要了。"

睡前听到，这句话响在了耳旁。"死亡"，于我而言就是词语罢了。亲历这件事的唯一一次，已不太记得详情了：她晚餐喝了酒，然后好像是不行了，但她没说一句话，表情平静。她的身旁站着我，那一年我14岁。

她该是很孤独的，很孤独。我越来越能感觉到她的孤独。

而今"孤独"这词泛滥，不会孤独，表示不优异。有学者说："孤独，也是一种爱。"这话我倒认同。其他的还是见鬼去吧，孤独，配吗？或者说，有几人真敢呢？

境景

清清浅浅，一湾池景；浅浅盈盈，一瞥生涯；纯纯之境，一眼秋水。秋在景中，秋不寥落；梦生境中，梦不虚幻。境随心转，方为我境。

青蓝临域

万物真理非有言，摹拟之象无意义。夜色衍生梦中境，局中之局非格局。

人间惆怅晓云寒，花自飘零水自流。青蓝临域无限色，雨中献曝抒微意。

思之何来

人是有情绪的动物，情绪从何而来？风动云动脉动如何能够葆有生机盎然、充沛活力、天马行空？

2015年去台湾，在台湾大学里漫游，到了傅园，看到傅钟。傅斯年说："一天只有21小时，剩下3小时是用来沉思的。"

思之何来？何来所思？3小时可以沉思的人，拥有多么富饶的境地。

人间可贵，唯在于人。月色清辉，思之泉涌，祥和致远。人不好分贵贱，情绪一定有贵贱。贵之情绪代代相念，如黑暗里闪耀的光炬，开启人性之美、之灿烂。

生而为人，活在时间的钟摆里。时间在钟表上是一个圆，周而复始。人之情绪，也周而复始，起落不定，阴晴霜雪，郁郁不得欢。

永恒的天空，燃情的太阳，盈缺的月亮，璀璨的星河，梦想的人群。在我眼里，思想者富贵，恒在。

自我安然

我们常常羡慕他人，他人的财富、地位等等。当然一定有人，值得人羡慕、欣赏，这些人星光璀璨，能够在我们需要时，永远照耀，指引我们的方向。这些人在哪儿，也需要我们自己去找寻。生命好似可循环，找到了一星半点儿的身影，会不会感觉，已经来这世上很多次？

这是和平的时代、丰富的时代。丰富吗？这个城 2007 年始试点社会工作，心理方面的干预需求越来越大。活着，人们幸福的感觉越来越少。前几天，看到个所谓财富自由的数字模板，对照了下，唉，照它的标准，自己一丁点儿也自由不了。然而呢，只叹息半口气，它就真是他人的，不是自己的，它不会牵制这样的自己。

和任何一个人交换生命，我都不愿意。做这个城最富有的人、最有权势的人？不，一定不要，他们都不是"自我"。直观而简单，重要的准则只有一个：是我。

自我安然，自我进化，自我照耀。自由，不请自来。

温暖

天气的晴暖，影响情绪的波纹。小阴了两天，昨天和今天的阳光，明媚娇俏，晚上天空又恢复了湛蓝。

周日去花卉市场，又买回了一棵柠檬树，它就立在那家店门左边的位置，等着我似的。前些天，给原来的柠檬树浇水，看着叶子憔悴，想，是不是缺营养呢？于是抓一把营养小颗粒，撒在土里，噢，应该多一点儿，它需要啊，又抓了一把，还要多，再抓一把，翻土浇水，希望快快溶进去。唉，后来我的柠檬树，一天一天地，叶子枯萎了，然后……

那几天看着枯卷的叶子，心生惭愧，觉着自己犯下了罪行。自己一向清冷，除了花草，没有养过其他的动物，也不敢，怕它们。小鸟，也只能看着，不敢触碰。上次有只好漂亮的白鸽，飞到阳台上，在阳台上流连了一整天，歇了一个晚上。给它食物和水，和它说话，看着它，不抚摸，不能捧在手里。可能它对我失望了吧，待了那么久，以为它要留下来，准备去给它买鸟笼，它却又飞走了。

生平没有主动伤害过任何生命体，没有做过坏事、亏心事。不悦之人事拒于千里。常常后知后觉，觉知后也思考了一下，如此这般，放任性情的状态，是否也是老天的一种恩赐。

像春天般的温暖，是我需要的。可能长了一副温暖的样子，去到陌生的餐厅，过了好久第二次去，服务员都会说："你来过一次的哦。"缺什么就能成为什么，我温暖吗？

恒定

恒定：永恒而稳定。当然，只能在有限生命的旅途，定义恒定。其实人人（智商达标）都需要、喜爱"恒定"的人。

不论世界如何变化，时代如何变迁，你有没有见过一种人，他们给予人的感知是稳定、持恒，有魅力？

天地之间，苍茫层叠，浩然之气，贯穿苍穹。岁月之涯，一以坦然，恒性持久，真的有哦。亘古而来，变中求变，立异标新，但血气未变。生之旅途，快乐伤感，不最要紧，要紧之处，是发现通道，升华快乐。

说来简单，但行之不易，唤起意识，便是意义。

阳光灿烂，凝空小思，而已。

纳莫赫

今夜清凉，夜色辽远。

"乌兰巴托莱乌特西，纳莫赫，纳莫赫……"从大草原回来后，找来这首歌听，沉静悠远的曲调，抚慰心弦。纳莫赫，纳莫赫，历历不忘。

一池荷莲，宛回七月，似水流年，潺潺如诉。

夜色茫茫，天海一色，云朵幻移，星星悬耀。幽幽碧波，花语萦绕，时光飞掠，池塘依然，翩翩涌现，摇曳清影。

夜空之目，时空之境，纳莫赫，纳莫赫，歌儿轻轻唱，风儿轻轻吹，如荷中寂寂，揽馨香入梦。

雨舒

说梦，它，出人预料。它耐人寻味而奇妙，它的发生无法想象，它由谁主宰呢？对我来说是一个谜。偏偏它的情境里，展现了丰富饱满的故事性，有情绪的，无情绪的，不在个体的可控范畴。因何而生？因何而来？

2007年11月某日梦境：一张素纸，从天空缓缓飘落，上面赫然清晰显现两个字：雨舒。

没有故事，没有情节，唯此情境。

意何？何意？不是想寻觅所谓的"意义"，是"意义"，它在寻觅这样的自己吗？

尊重，敬畏，本真，灵魂。个体，大多为沧浪之一滴水，水清水浊，随波逐流之中，可以保守特立独行的权利，不失为幸。仍不得其解，唯修养寻臻境。

历史是一条河

历史是一条河。地球尚存气息，时光河流淌过，见证岸上人潮往往返返，繁衍不止，生生不灭。

微风轻拂杨柳岸，小轩窗，正梳妆。"心中与之然，托兴每不浅"的生之姿态，各有不同。感伤、快乐、经验、觉知、悟性、需求，区别说大，确实不小，体现在每个个体身上，是极不相同的。

生性淡泊，清浅明朗，有些我行我素。人的原点是什么，活着活着就忘了吗？道路险且阻，青春能有多少年？"十年生死两茫茫，不思量，自难忘"，多伤怀！此情感在后世仍有强烈共鸣，即便不思量，依然难忘。

或许生命与生命，各有不同，有人朝夕相处，有人让人怀念，有人惺惺相惜。不同的世界，不同的时空，有光束从天空飞掠，一举目，正好撞见，心灵为之震颤。

坚韧有时，脆弱悠长。天涯何处，忧思遥遥。

老先生

"我们跟整个宇宙相比，只是短短几十年，一刹那的事情，希望自己快乐一点。"

这样说的人，现在是很老的老先生了，现在他住在维多利亚港上空的酒店公寓里，请了8个人照料自己的起居生活。

从很年轻的时候开始，他就践行着乐观的人生观：欢乐里，不存着坏，无伤大雅，就是自己生存的过程。所以以自己快乐为快乐的方式，没有什么好羞耻的。

无有养育子女，是他和太太的主动选择。在他自我逍遥快乐的生活中，所谓人生，旁人问起之时，他说，依然有很多遗憾……

然而，他却觉得"遗憾"这东西，都不必说。他说："有这工夫，不如再吃上一碗酒泡黄泥螺。"

他是谁，不必说，知道的人自是知道。

有遗憾，也不说。哈哈，如果说了，自然就不会拥有创造这么多快乐的本事了。遗憾，即为一种很大很深的不可轻易释怀的情绪触感……

无法释怀，还怎样快乐呢？如果快乐具有成长的本领，那么遗憾也有。

每个人或多或少都会有遗憾。于憾然中，能够反思、成长，而后继续不忘于前行中播种、耕耘；如果不是运气不太好，收获皆会随之而来。

所谓吸取教训，就是无须抱怨，坦然面对，但要纠错改进。如此，四季流淌之中，方可感受明媚与美好。

万物皆不完美，唯以完美之心，包容不完美之"遗憾"，方可获取更多更多求之所得与出乎意料的完美吧。

倾听风吟

一弯玄月，点点星辰，微风轻卷，习习萦绕。凭栏闭目，倾听风吟。

下午，援藏的好友发来问候信息和身着藏袍的照片，告诉我今年过年她在拉萨。一直想着去西藏，她和他援藏好多年，身份证上的文字也已换成了藏文，我却还未成行。

总归要去一次，看看那一日，那一年，那一世的信仰之地，找寻失落中的轮回梦。

还记得塔尔寺佛学院年轻的洛桑老师，身着褐红色长袍的一位俊朗僧人。那一年，他们在这个城，举办酥油花藏传佛教展，洛桑老师在会议室单独给我算了一卦，他让我以后去塔尔寺找他，他要给我说些什么。

年代有些久远了，他那一日，掐指沉思的肃穆形象犹在脑中，但说的话语却已忘却。这许多年里就是没有去过高原，更没有去找他，不知他要告诉我什么，大约意思是，等我啥时候去找他，他会对我说。说什么？

那一次的展会，在这个最前沿的南方城市，非常引人注目，一队一队的红衣僧人，行走在这城市的形象，历历在目，记忆犹新。塔尔寺的高僧活佛好像也都来了，当然他们在酒店房间不随意出门，慕名而来拜见祈福的人不断。记忆中，当时戴的手链，被一位德高望重的大活佛吹了口气，叫开光了。

物换星移，手链早已不知去向。转过山，转过水，到如今，却是没去转过那座参悟中的佛塔。

诗仙

"危楼高百尺，手可摘星辰。不敢高声语，恐惊天上人。"

山寺奇高，星夜奇妙而美妙。举手就可摸到天上的星辰，不敢大声说话，只怕会惊动了天上的人。

放旷不羁、飘逸如仙的李白，面对未知的天上之人，知其止，不动声，千古之观，神人之言。

向来天马行空、让人叹为观止的诗仙，诗如其人，与自然之美景，完美地融为一体。

所谓盛世之唐，风气开化包容，诗人、山人层出不穷，高士、才人重峦叠峰、连绵不断，雅士、悠人每每凝聚自身特色，登高而见广，登高必赋之。

登峰造极，想必是高人雅士的极端追求。

然追求是一回事，天赋与技能的磨炼，则另当一事项。而，追寻过的努力皆不负生之涯。

新上映的动画片，高适之适宜，谓影画中的"主角"，应和了现代人的观点："人生如戏，每个人都是自己的主角。"

何必悲剧，何必消瘦。诗仙，活在更多人的心灵里，更多，委实无以计数……

更多人，活于自然之人生中。自然人生，大多平凡，或者也只是少部分，"艰难困苦，玉汝于成"。

不成又如何，世界原本单纯，搞得复杂的是人。早已结束了兵荒马乱，可否享受一点儿生而为人的乐趣？

行云与流水，典雅与灵光，季节与性情……

生命气息

生活中最好的厨师是男性，哲学家是男性，创造恢宏巨著的大多是男性。他们唯一不能的，只有孕育生命这一项。仅此一项，构造生命状态的差异之势，可比之不同物种。

科技日新月异，人行千里，不足以道。

徐霞客探幽寻秘，在他的时代"达人所之未达，探人所之未知"，用其生命光照，画出了丈量世界的人生之路。

而今人所谓的去远方，不过是去没有去过的地方"打卡"一下，拍几张风光照，证明到此来过。

旅途的意义在哪儿呢？普通人或多或少都会从中有所见闻，甚而感悟，总之眼界开阔了，见多识广了。5G 时代了，哪怕你不出门，人家旅行社，带来无数的游客，你也会广识博闻，阅人无数。

哲学家康德，一辈子没出过自己的小镇，眼界却开阔、深邃，开启了德国古典哲学的大门。美国女诗人狄金森，一辈子也没从她自己居住的房子出走多远，却被奉为诗歌王国中的"王母"，评论说她的诗是一个博大而精深的文库。她在一首诗中说，"发表，是拍卖/人的心灵"，"当个——名人——多乏味！/抛头露面——就像青蛙——/整个六月——对这卑恭的池塘/把自己的名字不停地呱呱！"

她从未"把自己的名字不停地呱呱"，但她去世以后，还是没摆脱这此起彼伏的"呱呱"声。

博大精深，深沉厚重，是否不属于五彩斑斓、多姿多彩；汹涌澎湃的生命气息，也不在热闹的人潮之中。读再多的书，行再多的路，更要配上，更要配上什么呢？灵魂——思想者永不停歇的跃动之光。

悦览光阴

南方的簕杜鹃，沐浴着阳光，花开灿烂而妩媚。

以前不懂养育花草，买回的花儿不论多美，不久都会郁郁而去。去年选的这一盆高俏丰盈、花枝招展的簕杜鹃，经过了落花又掉叶，新叶后，如今终于开得比楼下凡尔赛花园里的还要艳丽多姿。

周日正午阳光下，为它修剪了枝丫。近来常在烈烈阳光下活动，昨天无意间抬手，突然惊觉："哦，这么黑了！"不禁有一点点黯然，好像从没这么黑过。

可是，那样绝美的天空，多么热情似火的太阳，怎能不仰起头，让它的温度投射在身上？看看勒杜鹃，它多么健康、活泼，意性摇漾。

或许，我们要向它们学习，花儿呀，树木呀，湖海呀，山峰呀。享受空气、阳光、雨露，花草就能绽发出无限的美好，为人间添色彩。

即便花儿没有果实，不能满足人的口腹之欲，它们依然不负时光，毫无保留地舒展出了生为植物的生命本色。世界的无限精彩，在人类的眼睛里、思维中。

览物于胸，江山多娇，祥云瑞气，超然物外。

时间，它正是永远的少年，永远奔跑。多想是它永远的朋友，阅览无限光阴的故事。

雨滴

阴郁的天气，毕竟是不多见的。好像人，阴郁之人不要太多的好。如果一个人，完全不会笑，全部的肌肉僵硬沉郁，寡味无趣，该有多无聊。如果五官也没有一点儿自在，这个人，嗯，不要出来招摇为好。

前几天看了一部电影，贾玲和朱一龙主演，这二人放一块儿毫无不自在感，女生天生喜感，自带快乐因子，男生清雅文正，偏身有疾患。二人相见在极端的特殊时期，她于他是救命之恩。

那日风雨，她来到他家，他们双双坐于窗前琴凳，窗玻璃上，雨滴蔓延，他为她弹奏肖邦的《雨滴》。

如果男生没有突发状况，这样轨迹背离的二人，不失为一种生活的另类和音。登对不登对，和谐不和谐，生活会说话。

朋友说发现了一种热干面不错，要给我寄来。我回她说不太吃面，让她不要寄。而后想起这部刚看的电影，又说，你寄来吧。我看了哪部电影，你也去看看，里面有谁和谁居然好合适哦。她说：她看了，是不错。

又到年关，越来越不喜欢被渲染的年，如过关隘，不复宁静。一天一天时光，似潺潺水流，无声有韵，涌动流淌；煦阳微风，温暖和煦，轻轻吹拂，已然是好。

运动的天赋

最近屏幕上，一片冰雪世界，原本不太关注，因没啥运动细胞。偏偏出现了一个谷爱凌，尤其看到她发表在《纽约时报》的那篇有关恐惧、压力的文章，18 岁如此认知、如此思想，不由惊叹与喜欢。天时早知道她，运动会前与我提起过，当时不以为然，她夺冠后，不由人不关注。我将她那篇文发给天时，让他向人家好好学习。

天时是一名运动员，于他而言，"运动"历程也即成长的历程，因这项运动而颠沛成长，辗转多所学校，挫折困顿，始终与此运动相生相伴。

运动员需要天赋，更需遇到好的教练。运动员的自信心，来自在场上不断证明自己。

自信的力量，源于思想；思想所展现的境界，犹有神力；思想，为成功的起点。神助，自助者。

沉潜

"天下莫大于秋毫之末，而太山为小；莫寿乎殇子，而彭祖为夭。"

然思绪此起彼伏，所谓"至大无外""至小无内"，当个人忽有一刻凝之于神，那是真正沉潜，仿若倾聆一种莫名的能量。此间状态犹如天赐，事后忆及，不复寻常。

我们想到的，千年前的人类其实已然尽知。智慧的奥秘无法突围，围困的人们如何自觉？能量的不足决定了精神的限度。

CBA 小将

近距离地见过两位 CBA 的小将，徐杰和黎伊扬。

那年小徐十四五岁吧，腿受伤了，他在训练场观看，偶尔拿一拖把去场中拖一下地。他们都说他厉害，他当时身高 1.75 米左右，一张娃娃脸，表情严肃，不漏一丝风。场中训练的那些球员大部分都比他年龄大，身高 1.95 米的，在这个场上，就是寻常普通的样子。

这样比较，他的方方面面就是"小"。

但就是他，是这支队伍中最好最强的，这是那名知名教练和所有队员的共同认知。

看他拖着绑了石膏的腿，孤独地立在场边，注视着训练的队友，我走到他身旁，指着场上那些威猛的队员问他："你怕他们吗？"

他依然面如凝霜，没有说一句话，只是摇了下头。我打量着他少年的身体，身材在这个项目上虽然不出众，但胳膊上线条分明，隆起的肌肉很醒目。我问他："可以摸一下吗？"他点点头。

小黎同学虽然也不太高，现在也就 1.8 米吧，身高身形就正常人的样子，但比小徐还是要大一小圈，那时的他，正读高二，在他的学校，在篮球少年的眼中，是天才一般的存在。那一天在球场边，恰好他拿着球在我身旁，一根手指平顶着球，球就在空中飞转，不是竖指，是横着哦。我笑说："这样也可以，你怎么做到的？"小黎温和地笑笑，也不说话。

两个少年，功夫小子，身怀绝技，这里面有多少天分，多少勤奋？他们不善于言，只专注于球。

此消彼长，是生态法则，世界或许还是有一定的公平公正。

年前某一晚，CCTV-5 播出的某场赛事里，徐杰被撞倒在地无法爬起，蜷身伏地，疼痛扭曲。长镜头持续拍摄，场上队友见惯不惊，习以为常，场外观众或有着为他忧虑而紧张的情绪。

一场赛事能够脱颖而出，场场赛事都有出色表现，冷静的性格、对球的天赋、稳定的发挥、越来越大的能量，助徐杰成为易建联之后的球队核心主力。

品道

道，在天地。天地之间，有珠穆朗玛，有秋毫之末，有你看得见和看不见的。

如无天灾人祸，在你生之年华，它，会一直存在，一如既往。

生之年，人人也。不论多少岁月，多少风霜雨雪，你，还是你自己吗？

或许，人这种动物，就是天地间的一个玩意儿，许你为人，看你如何进化、演变，或智慧，或顽愚，被现实启蒙、教化，没有一成不变的永远。除却死——那是永远无法看到的。

道，或许就是这一个永远。一念天堂，一念地狱。一念之间，蕴含性质，蕴含人品。

人之品，亦是道。人之命，或许确实没有多大的意义；然，意义不意义，还是要自己觉知。心生万物，赋予人伟岸。

科技迅猛发展，技术再造，可以更新换貌，但德不配"体"，力不能及，必不能久。

境遇之生，相由心生，所谓此生，或由道生。

天空的复刻

脑中景象，是朦胧的意象，是模糊的一闪而过的念头。

大脑通向哪里？大脑会不会藏有无形之河流，流转生命？

夜夜星空，白云布阵，总想记住它们的形状，想记住此时景象，记住这一瞬的奇异，将这般壮丽、美好的自然之意，全储存进脑海。

我的脑是否会成为天空的复刻物？不知道，只能让它们互相谛听、凝视。

一天一天，时光如沙漏，无声无息地流逝，载满静默悠远的沉思。

想它沉淀下的，同样悠悠远远，绵绵流长，伴随月白清风，熠熠生辉，可否氤氲成一首咏吟风歌？

雨中行，观沧海

镜海远山黛，
轻倚漾斑斓。
水墨丹青卷，
独白雨中舒。

千年宋莲

千年尘封，寻香而来。
山河更迭，清芯缕缕。
关山梦回，前尘似锦。
月华依然，水生慧莲。

狮子山下

某晚偶然调台，屏幕上赫然出现几个字：狮子山下。

狮子山，是那个狮子山吗？我知道的狮子山，"像一只卧着的狮子"，由此而得名。

它依湖而躺卧，湖山风景自然清秀，沿湖两岸一路高校环抱，湖山之间青春荡漾，书卷气息浓厚。校园以华中开头，那时通往闹市中心的公共交通车仅有两路——22路和55路，22路终点站是武昌火车南站，55路终点站是街道口。

每次外出，在徐特立先生题字的校门口车站候车，都是一大景观。很多人聚集一块儿，远远地看到车来了，就蜂拥而奔，跟着还未停靠的车跑动、抢挤。往往此刻，小小的文文静静的人儿，不是前进，而是后缩，前面的人太强劲勇猛了，好不容易跟着末尾的人上了车，却人贴人，站不稳。那时觉着售票员不是一般人可做的，她们好像是钢铁炼成的"钢筋铁骨"，她在人堆里一边挤着一边高喊"买票啊，买票啊"，并能麻利地收钱、找零、撕票。

车厢中永远不宁静，本就转不了身，却总有人互相高声指责，怒火开战。

小小的人儿，从不吱声，从不招惹是非，她一定是来自另一个星球。见到她的人都这么说，其实那会儿她也不知这个"斯文秀气"到底是怎么回事，后来终于知道了，不仅在这个号称相对斯文的江南之岸，就是在地图上的任何一个方向，她也是极斯文的。

后来想想，正因如此吧，她在外从没被人欺负过，或许人的善恶会被分别对待吧。记得有一次，她在狮子山上行走，四野无人，突然不知从哪儿蹿出一男生，跑到她身旁迅猛地抢过她肩上的包，转身就跑。她站在原地动也没动，对着他的背影说："包里都是书啊，你还给我。"

那看起来像是社会无业游民的男生停住了，然后回转来把包还给了她。她也意想不到会是这种状况，小声说："谢谢。"男生没说话，向山下走了。

谁说女孩儿斯文一点儿不是优点呢？随意就可以粗鲁的时代，女孩更应葆有美好的品质，人类的和美馨香因子需要流传。

霓虹闪耀

2024 年 8 月 24 日下午，时值邓小平爷爷诞辰 120 周年，我从深圳莲花山公园东北面入口，向莲花山园内行走，来到莲花山最高处的邓小平雕像广场，向老人家的雕像献上一束金色的百合花。

金色百合花象征着荣誉和尊贵、希望和祝福，是美好未来和幸福生活的寄托。

那些年，在那些"霓虹闪耀"的日子里，立于深南大道上的巨型邓小平画像，仿佛就在一直陪伴、守护、指引着我……

正如我在《霓虹闪耀》一文中描述的：

大自然蕴藏生机，赋予时光奥秘，风与水，伴随时光流转。深南大道上，邓小平爷爷画像上写着"一百年不动摇"。

伟大的老人目光长远，他在一个春天里，在南海边写下壮丽的诗篇，展开了一幅百年的新画卷。

而对于我，那时看到，觉得不可想象，一百年好久好久啊，久远到没有边际。

一个不懂经营之道的人，仅凭着少时看过的几本书，并装在包里随身携带，就来到这个南方以南的城市，在邓小平爷爷画像对面的深南大道上拉起霓虹灯箱，门口灯光里写着："你走，我不送你，你来，无论多大风多大雨，我要去接你。"

呵呵，确实，谁走也没送过，但谁来都没接过。这么拒人千里，哪儿会迎来送往！那会儿多亏那位毕业于香港中文大学的先生过来做楼面经理，他长袖善舞，人情练达，好像没有不会的事儿，没有他的张罗，估计也开不了业。他安排好了一切，但开业以后，他去了他方，不知何途，从此再无音讯。

是否说说那两本书呢？那两本书，想必还在那个尘封的包里，其中一本厚的，便是这个霓虹闪耀之处的素材。这样一场所，自然是会有人注意的。有一天，应是午后时光，我刚到办公室，楼面经理跟进说，有人找。

到了二楼厅内，见一高颀的中年男人的背影，他立于大幕玻璃前，观看着深南大道的景致。听到声音，他转身向我走来："你好，我去过很多地方，想找一地，过几天电视台要对我做一专访，我不想在他们演播室里录播……"

他递名片给我，我答应了，访谈在这儿录制，不收场地费，消费他买单。自此以后，经常有剧组来拍摄。香港那经理在时，向我推荐了一女孩，说她是音乐才女，出身于音乐世家，西安人，号称"南国第一琵琶"，当时在五洲宾馆弹琵琶和罗湖某大酒店大堂弹钢琴。他的意思，可以让她晚餐时间在此进行吉他弹唱。后来又有一女孩，自己背着吉他找上门来，她们各自在不同时间弹唱表演，风格别具，"第一琵琶"持重，有才气，深圳中学那首校歌《凤凰花又开》就是她谱曲的；自荐的女孩则清灵可爱。

可奈何！不说奈何。即日观看《梦华录》，想，如果那时成熟点，世情多懂一点儿，是否会是另一个样子？另一个样子，就好吗？

听雨，论人物

窗外，雨声潺潺，如泣如诉，倚坐窗前椅，读到一则新闻："2020年美国娱乐周刊7月27日消息，好莱坞传奇影星、两届奥斯卡最佳女主角得主奥利维亚·德·哈维兰（Olivia de Havilland）于当地时间周六在法国巴黎的家中安详去世，享年104岁。"

而7月1日正是她的生日。

她是《乱世佳人》中梅兰妮的扮演者，是好莱坞"黄金年代"屈指可数的长留人间的演员。

当年参演影片的著名影星克拉克盖博、费雯丽、莱斯莉·霍华德均已离世半个世纪，而她在梅兰妮角色外的人生，得以更长、更真实地展现。她性情沉静，温柔平和，就像她饰演的梅兰妮，有一颗包容、从容的善良之心，娴静优雅，稳重端庄，完美地诠释了真实人生里的善始善终。那是悠悠时光馈赠她的，愿她的美在天堂永远绽放。

少时不懂梅兰妮。郝思嘉风华正茂，青春有活力，而梅兰妮体弱瘦小，在冲破封锁线的战乱之中，完全仰仗着郝思嘉的帮助、照料。

戏外人生，却换了样貌，轻灵曼妙的"梅兰妮"，正是精神之核、世间美好的缩影。

时间，确是能够验证一切的良心之药。

隔离

一年，两年，三年……"隔离"一词频繁出现。

隔离：隔之，离之，与人群隔离开，独自封闭，切断传播，确保安全、洁净。

隔离，是为了实现一种保护、防范或切断，斩断传播源。

从前有一小小人儿，从小即和人群隔离。

逐渐长大，她记得每一个接近她的美好的人。是的，没有人欺负她，她的声音那样轻那样柔，可能是她自带一种拒人千里的寒流吧，她并不自知。

少时，独自在马路上行走，大胆的社会男生也会试探性地靠近她，说一两句搭讪的话，但她不予理会，瞧也不会瞧一眼，不像活泼的女生洒脱无羁，大胆开放。

那个时节，青春蓬勃。有一位同学，她的妈妈带过我们一年的数学课，大家不止一次看见她坐在一辆摩托车的后座上呼啸而过，学校中有她和他们如何如何的传闻。那女生纤纤秀弱，肤色白似冬天的初雪，谁也没想到她会那样，所有人都惊讶。骑摩托车的男青年应是人们眼中不务正业的人吧。

她的妈妈在我们印象里是一位多么的庄重端正、容貌秀雅的老师啊。后来，她的消息偶尔传来，与美好的生活毫无关联，却是因年少无知而泯然于流俗。

后来有首歌叫《听妈妈的话》，爱听。原来不太欣赏唱歌的人，可是能写这歌名，一定是具品德的人。

另有一位同学，她是"大师"的女儿。她父亲当年是家喻户晓的人物，传说以前也是我们院校附中的老师，她和爷爷奶奶住校内，爸爸妈妈和妹妹住汉口，逢周日，她爸妈会带着妹妹回到这儿，看望爷爷奶奶和她。公交车站就在校门口，很多次都看到她爸妈和妹妹下了车向校门内走，她的父亲大家都认识，没有人上去围观打招呼。

有时候看着他们一家，觉得一定是快乐的吧，因为她的爸爸就是能够给大家带来快乐的一个人，这个城，大家都知道。

她的爸爸特意留下她，是为了让她陪伴爷爷奶奶。她是个快乐的女生，长得也最像她的父亲，也像父亲一样戴副眼镜，能够妙语连珠，会说逗趣的话。可是奇怪，她在班上好像没有那么受欢迎，也没有特别稳定的好友。

几度春秋，风花雪月，多年离别，千里隔离，前些年听闻她父亲因病离世，国内一些"大牌"纷纷发文纪念、缅怀。电视访谈节目中陪伴在她身边的她的先生，是她父亲的弟子，但她本人并没有承续父母的艺术天赋。

快乐，也是一种基因吧。我相信，快乐的人，真的会永远地快乐下去。

"得意时要会笑，困难时要能笑，挫折时要敢笑。"这句话是她父亲说的。

教养

我将来的墓志铭就写这样一句话：

"我一生没有多大贡献，但的的确确是个好人。"前文中她的爸爸这么说。

我的理解：好人，即美好的人，认真努力地活着，让生命美好绽放的人；而非仅做"好人好事"的人。

夏先生是个出名的孝子。他离世时自己的母亲还健在。他的父母曾经是我们这所大学的教授。

原本因"隔离"二字忽然显现于脑海，对接了一个生命体的一个特有存在状态。刹那想到，正是如此的"隔离"，才有了一个特有的形态。

她们，还有她的爸爸，本不会在记忆中突然浮现出来，但是那刻的场景，让人动容，难以忘怀，就忽而"连接"上了。大脑记忆功能好似一个自动生成器，它选择性地自主生成、存储、过滤。

世殊时异，美德已由"孝子"更改为"财富"。好像人人自危，到处是如何自保的语录，如此，未来何有？美德无存，何以繁衍……

我想说：

> 教养很重要
> 人与人之间的区分
> 教养　教养
> 既是教　更要养
>
> 娇嫩的花朵
> 阳光　水
> 园丁培育
> 一样不能少
>
> 世界更好了吗？
> 人人自说自话

一片圃图

汪洋恣肆

教养

很重要

白天　它如旭日初升

夜晚　它似一轮月中心影

养之　教之

一场历世修炼

生而为人

重中之重

文明进阶

亟待亟须

流光溢华

生生之焰

浪漫

"生与死，冷眼一瞥，骑者，且前行。"

　　这句话，多读几遍，唯有叹服，多么有力量的语言，多么骄傲的生命回响。

那声音，那个人，还有那首《当你老了》："当你老了，头发白了，睡意昏沉，炉火旁打盹，请取下这部诗歌，慢慢读……"叶芝 28 岁时所写。

从前我们的收音机里经常会播，或许在我 8 岁时它就从耳旁轻拂而过，只是要更晚些才熟知这些句子。

真正的诗人，具有丰富神奇的想象力。28 岁，我无法想象"老"的状态，也不会去想，至今都没有想过。是我太贫乏了吗？

当时我的西餐·咖啡·画廊里，吉他弹唱的她们，常唱一首歌："背靠着背坐在地毯上，听听音乐聊聊愿望……我能想到最浪漫的事，就是和你一起慢慢变老……"

因为没老过，所以说着"浪漫"，为了浪漫而变"老"在浪漫的歌里，唱着唱着，就"浪漫"了。

浪漫，哦，想起他的这首《当你老了》，诗人，真是最浪漫的人。从年轻到老之将，至"生与死，冷眼一瞥，骑者，且前行"，这正是浪漫的最"高贵"的诠释。我想，我要读一读他的诗了。远方，并不在远方；诗，也不在远方，诗是我们自己。

天时

新闻里说各地高温，35 度以上即高温，这个温度往上升，会让人融化。

我有一个小"术"屋，温度可至 66 度，那是我的炼丹房。

当我入房端然而坐，15 分钟吧，雨水如露滴汇入溪流。

一个人灵动地活着，雨滴，愿化为一首生命之歌咏。

源源的雨，源源的滴……

天空中的雨，飞落云外心渊，化入心中天池

天池，蓄积的水让我甘之若饴

未知，等待降临，那一年

给他的名：天池

纷扬，飘飞，滴，滴……舒我心弦

心之弦，犹惊魂

他来了，天然而成

刹那，脱颖而出：天时，叫天时

人生大事（一）

老城有历史。以前和朋友穿街逛巷，曾见这样的街巷，老老旧旧，店铺拥挤，它曾在视角余光里一闪而过，但没有驻足而望，脑中唯一一闪而过的疑问是，为什么会有这个存在？

从汉阳门码头，搭乘渡轮到达对面的江汉关，穿过江之南沿岸的胭脂巷，或江之北踏上江汉路后，某条分流而出的不知名的旧街巷，譬如池莉小说中的吉庆街，或许我也曾去过，只是没有印象了吧。

那时像我这样的女孩，走在汉口的街巷，不用开口，人家一看就不是这边的。即便开口，那样刚硬的汉话，也变成他们口中的"几秀气哦"，不仔细听可能还听不到说话的声音。

吵闹的街巷里"老子""个板嘛"也会声声入耳。我和我的同伴，出来逛街时都会结伴而行，有同伴，可壮胆。武昌司门口这边还好，一入江汉关，走在江汉路上，着实是要有些胆量的。有一次一个人，内心忐忑不安，怕人跟踪拦下……

还好，汉口的儿子伢，看着蛮狠，其实也没多坏，有例为证。有一回我在众目睽睽下被几个人拦下，他们大概20或20出头吧，其中一个说，他们组了一个舞团，缺一个女生。

他说话时的气质、样子，就像昨晚看的电影《人生大事》里朱一龙演的那样，多少年了，还是那个样子吗？汉话？汉普？不过除了他，其他人说的可不是汉话哦，这个我一听就能听出来。

和天时也好像的，就是正嘛。

人生大事（二）

像电影《人生大事》中"上天堂"那样的铺面，往往立于中心老街老巷中，它也不羞涩。那时刻一瞥而过，不解这样的铺面为何可以堂而皇之地临街巷而立，这也能是生意吗？少年不懂，也没想过要问，也不知问谁。

影片里的老爹，最后一瞬，绽放的笑容洒落人间，他儿子完成了他的意愿，如此甚好。他一生从事"哭"的事业，他早已领悟，人间即天堂。

昨夜　天空
是的　夜夜都在呀
仰仰　相视
白璧欢畅　涌如潮

此景此时　是天堂
天堂　在人间

眼前景致
天空　为你成像

天空　不负人
始终　如初

始终　鲜活灵动
你即　在天堂

天堂之路
杳杳无潮

迷之甬道

《乌合之众》
绝不蜂拥

形迹　悦然

人生大事（三）

老爹说：干这行的要有一颗圣人心。这句话久违，亲切，带劲。

多少年没有这个提法了，耳闻目睹的皆为权谋、权术、利益。中国人只会这些吗？

"圣人心"是什么心？我想不外就是仁义、仁爱，有品有德有格之心。

"三哥"抬楼的一段汉话号子，一步一喊，雄厚响亮，喊出了人世间最真实最朴素的责任和担当。男人，炎黄的子孙就该拥有如此的力量。

"圣人心"在三哥的倾尽全力、震撼之音里。

这一段汉话，我第一次听到，原汁原味，有韵有味，有力量。有些东西的美感，一定要适合的人来表达传递。

人对了，一切都对了。圣人心，首先也须是拥有真挚人格的人。

因为三哥的汉话，还有熟知的街景、江、湖，混合的元素，所以去了影院三次。第一次不知道是怎样的片子，在手机上滑动选片，看评分最高 9.6 分，演员是朱一龙，到达影院已开演 20 多分钟。

我想我是想念那江那湖那桥了，那有历史的街景，还有那样纯正又纯正的汉话。现在所居的城从未听人说过。忽然遗憾，天时只说标准的国语。

博物馆的博

博物馆里的陈列品，承载着先人的思维、智慧、仁爱等。物品的工艺、技术、审美，显示着出产时代的时空之境态。人飞散，物永存，流传至今，明证了，此物长相思。

多少美好凝视汇于它们的生命，多少寂寂时光在它们的身体中流淌……

某一时空里存在的思想，蕙质成像成物，此物最相思，持重矜静被人众观赏，流转于多少时空。时光赋予它的，也是来自它生命的能量体，迎来欣赏的目光。

温度转化为温润，是时光在有质地的时空之境中凝结而生的。

人生于自然，无以长存，但人造之物却可以。思维、意念和美，穿越时空流传。

人之生命，因为短暂，所以需时时反省，时时成长。这是对生命真实的敬畏与延伸。

可以无限延伸，只要你想。

好物永流传，善莫大焉。博物馆的博，从自然之中取物，取之不枯竭。人可以徜徉于世欲的纷纷旋涡，潮奔浪涌，沉沦起伏，不亦乐乎。

无限流转的欢畅，需要灵志的参与。茫然四顾，无涌无潮，不要怕，成长，超越，便是勇气。清香，沁入时光，静染无声，也可解读为另一种恩典。

总而言之，如何释义，都在自己。

核心之源，存于本体，人生若是如初见，永远若初见。源源之流，源源不断，源源之泉，与之同存，天也没老，永远不远。

循天意，遵核心，源源流淌，汇江，汇河，亦是湖。想要的，现实稀薄，意识赋加，此中匮乏，反馈奔涌之核。

只若初见，源源之见，本源本体，核心之源，心驰神往。

历史的事故

前些年看过一部电视剧，讲述的是清朝末年经营票号的家族故事。其中一场戏极有印象，剧中的老太爷富甲一方，置家置业，处处模仿朝廷。

电视剧以当年八国联军攻打紫禁城为背景，慈禧太后和皇上逃出皇宫，带着几个太监，一些照顾他们饮食起居的宫女、护卫仓皇逃跑，途中狼狈缺钱，向西帮票号借钱，那位富甲一方的老太爷花尽心思，打通门路，终于见到太后和皇上。

老太爷眉目端正，身形挺拔，容易让人记住。碰巧的是前几年，某个周日，春色明媚，惠风和畅，和天时去福田外国语学校旁的球场，过马路时居然看到他，一个人缓缓从对面小路走来，气质静穆而独特，步伐似踏着岁月的韵律，原来他就住在对面的小区。

那场戏是，老太爷被人引领、催促着，慌慌张张地，终于见到了慈禧太后和皇上，当他抬头看到二人时，却失望至极……

一大段内心独白，表现了老太爷彻底的失望。

观一叶，窥一斑，通过人，老太爷看到了腐败无能的朝廷，他预感到天下即将大乱，便决定收缩自家票号的生意。其中有几句独白，大意是：像个乡下糟老太太在诉苦啊，这样平庸的人乡间满眼都是，哪有一点圣像，不但沮丧，简直是猥琐，还不如我柜上的一个小掌柜呢！

是电视的贬义演绎，还是慈禧太后和皇上果真如此，不得而知。或许他们个人没有那么不堪，但晚清走到历史尽头，与慈禧太后确实有着密不可分的关系。所谓历史，有时候就是一场一场的事故吧。

老演员德艺双馨，演绎的角色有傲骨和气节，正义凛然。那日街头所见的他，虽略老态，然清静持重，与当日晴朗明媚的天光十分相衬。

那日心情，与天光一样明媚。

洗儿诗

"人皆养子望聪明，我被聪明误一生。惟愿孩儿愚且鲁，无灾无难到公卿。"

东坡先生的《洗儿诗》，虽说有"聪明反被聪明误"之喟叹，可是"愚且鲁"，是一定不会"无灾无难到公卿"的。

这首诗里有诉平生不得志和"聪明而误"的人生遭遇。可是独一无二的东坡先生，一生境遇非凡，何尝不是另一种人间"大幸"。此大幸不仅是他个人的，亦是大众的，人生天地间的。人间杰出之士，于生命境途之中，散发出精神之光华，照耀后世千秋万代。

林语堂在《苏东坡传》里写道："东西方的政治规则完全一样，爬到顶端的一定是庸才。"当然东坡先生并非真的希望自己的孩子不聪明，"愚且鲁"，并非真正意义上的愚蠢鲁莽，而是"大智若愚"

的"愚","鲁钝"的"鲁"。他为孩子许愿"无灾无难到公卿",是想要自己的孩子懂得不露锋芒,一生平顺富贵吧,可叹天下人父都有一颗殷殷爱子心。

三百多年后,明朝南京礼部尚书杨廉,和了一首《洗儿诗》:"东坡但愿生儿蠢,只为聪明自占多。愧我生平愚且鲁,生儿哪怕过东坡。"

东坡先生魂灵有知,不知又会作何感想。永远不合时宜,性情旷达豪迈的东坡先生,想必不以为奇,不会为此见怪嗔怨,而是"哈哈"一笑罢了。

季节

如果将季节比喻为一个人,有没有一个人让你觉得:淋漓尽致、沉浸沉染、空旷高远、缱绻徘徊……

哦,这是人吗?这是秋天,我最喜欢的秋天。

从少年,甚或童年,仿佛就一直沉浸在这样的季节中,如幻如梦、相守相拥的季节,伴我四季流转,未语回望……

或许,我是将美好的盛宴,汇聚在季节里了吧:如咏如歌,如丝如幕,如淅如沥,袅袅纷纷,漫漫延延,绵绵不绝……

在雨中

这几天的雨，突如其来，莫名其妙，让人心绪不宁。自然，会给予人怎样的启示呢？

沉稳冷静，于人类，有多重要？任何事的发生，都有着"惶惶然"的前兆，能在最后一瞬间，于惊恐之中踩住刹车，也算不糊涂，不太糟糕。

那一晚，下着淅沥小雨，开车行驶在回家的路上，到了熟悉的学校路口，车刚转弯掉过头来，正前行中，突然，我的背部好似被钝物重击了一下，车同时失去操控，向前方左侧横飞出去……

那一瞬真若魂飞魄散，眼看着将要撞向中间带护拦，极度惊恐中，用力踩住了刹车。

吓着了，坐在车里不动，好久，不知到底是咋回事，紧张，不安。还好那条路车不多，学校也放假了。雨一直下，直到有人边打电话边走到我的车窗口，才知原来是被他的车撞到了。

摇下车窗，说了一句话："你撞我的吗？你为什么撞我？"

他说："我是直行，你应该让我。交警马上来。"

多一眼也不要看，摇上车窗，依然不动，心绪未定，电话也不知道打……

原来我这么胆小的吗？滚滚洪流中，是谁把自己保护得这么好？未与人有过过激的冲突，没有遇到过具体真实的危险。或许一直在险境中，只是不识不知罢了。唉，我的钝感力，是它在保护着我吧。

飞来之祸

去 4S 店看了车况的人回来说，维修人员告诉他，维修费共要 20 多万；那辆撞我车的车，当时车速应该很快，撞击的力量太大，车受损严重，维修要花 15 万多。根据当晚交警告知书的结论，我的保险公司对此赔付无异议。

当晚我除了在交警拿来的告知书上签字，没有任何参与，一张现场照也没拍。离他们远远的，与那人除了第一句对话，再无交集。

第二天，已然遗忘。非刻意，好似天然具备，因为身体已无任何异样与不适之感，所以发生过的事好似也与自己无关了。

记得当晚还问到场的 4S 店的人：你看看，我背上流血了吗？

飞来之祸，不过是有惊无险，纤毫皆安，乃为幸也。发生了，便为启示，境由心转，人亦成长。生而为人，向死而生，道生境中，有福佑之。

远离事故而遗忘之，事件却正进行中，人道需要公正，否则道路上不必画出各类标识。当晚那一刻，突如其来，惊骇不已，幸好在车将要撞向最边侧花园带水泥横栏之际，我下意识地踩住了刹车，否则后果……没有后果，是自己保护了自己。

人性，自然之物，我们永远不知道别人如何，但是，我们能知道自己。此次教训，我想该是对方要记住的。需要重新核查，厘清事实真相。

在如今这个焦虑的时代，人都关注自己长得是否端正，但可否同时知晓，正，绝非精明为界，洗白脱责，私己利己。

正，是坦荡从容，正因立而生，生生再新生。

规律

内容某种程度上决定了形式，或者说，道德水准一定程度上决定了事物的结果（非后果）。

世界泱泱，多生祸殃。"糟粕"之人想要的结果，与他恶意妄为的结果截然相反。无目无珠的人，恶行应当自惩自戒。

如果那晚车祸发生之时，我魂飞魄散，瞬间失去意识无操作……

如果那一时刻道路上有其他车辆，祸殃发生，损失之状，无可想象。

自助者，神助也。

问苍茫宇宙，谁主沉浮？拯救自己的，其实是我们自己。

于某些人，有条规律，验证者懂得，非实践者看不见，听不懂，辨不明。

可是，那至高的规律，永恒存之。

觉醒

不生一事，不了解社会的乱象、险象。

以前所见社会种种乱象，仅在影视以及相关报道中，自己还从未受过欺负，哦，原来如此幸运。

你可以义正词严地说："如执法部门不能秉公秉正，社会有希望吗？"在性质极恶劣的事件中，作恶者却能因种种牵涉而逃避惩罚，连起码的教训也没有，不得不说，这就是社会有关职能部门的失职。

公平正义，辅之以道德，是一个社会的稳健之梁。

一个社会，执法、管理部门，应该获得公民的信任。失去信任，"人人为我，我为人人"便是空口号。

如果多数人自私自利，不知廉耻，这些恶劣的品质便会成为社会的主流。社会，是因人而形成的，是环境、各类关系的"人文"范畴。人之正常行为，如不可被正义引导，何以存美好？

有道德之基，方有高尚。品质，亦是人之脊梁。

社会，是人群的"家"，家必正梁，才能兴旺发达。合格、达标之人，才可选任至特定岗位，承担职责。

诗仙说"天生我材必有用，千金散尽还复来"，乃至高之言。

信仰，首先，是信自我，因为端而正，正而立品，有品则合天之意。品，行之规则，有"则"就可以泽被他人。

青春，是这样的生命。青春，不仅是一种理想之志和无畏，更应是觉醒之达观。

身体里，青春在流涌，循环往复，它是复活、复生、复长。

青春，是觉醒的生之姿态。

绵绵不绝

遥看，海面平如镜，镜面色泽：蓝、绿、灰、褐，或白。我发现，这些颜色是由天空的投射，而显现变幻出现的。

于22楼观之，天海之间，予我无限遐思，我爱这景、这象。

这静止、凝固，这变幻，出其不意。

匮乏的，是蒙昧的双眼。丰盛的饱满，恣意流畅，就在我们睁开和闭上的眼眸中。

梦，神秘之梦境，另一种扩展延伸，它有睁开的眼睛也无法看到的景象，奇异美妙，它连接着生命之舟。

如果，你睁开眼睛，或者闭上眼睛，它是你的所有之见。无限意义在于无限之延伸……

无限，或许也有限，因为有限的是青春状态。状态，因人而异，有人永远青春，当然，永远或也有限。无限和有限都是未知数，有限在无限之中，无限怀抱着它。

前沿，后续，相会的灵，无限延伸……

如果，你睁开眼睛，或者闭上眼睛，它会是一条缓缓流淌的、缓缓流淌的河……

绵绵不绝。

财富之灵魂

财富，现实里说的仅是金钱。金钱，可以买将近一切，对人们来说确实如此。

创造或拥有这些财富的人，极聪明是一定的。商有商道，钱有钱道，道道有人精，精英，是创造财富的英雄。

资本野蛮生长的时代，财富是人首先追逐的目标。现今，自由二字，也不再简洁，需前面加上财富，且有具体到8、9、10位数之上的标准。

"一个亿小目标"，说这话的人，不知他本人"自由"否，除了都看得见的财富。活得好，活得光鲜与钱必然有关，但活得舒畅自在也可与钱无关，当然前提是要有必需的金钱、物质。

多少财起财灭，财富，永远在流通的路上……

哲人说："财富所能满足的只是人最基本的自然需求，而对我们真正的幸福却并无太大帮助。只有感觉意识的构成是永恒存在的，只有人的个性是永远、持续发挥作用的。"

"只有内在的灵魂才是真正的财富"，这句话多么打动人心，能打动人的必是拥有灵魂的心灵。

真正"财富之灵魂"，泛着无限光辉，此灵魂不会孤独，孤独的是灵魂未曾附体的人。这样的灵魂，自有一条快乐通道，此快乐不同于凡俗之快乐。

此快乐像你眼中的"月"，永远温润，光华照耀……

仰望之人的头颅，是此"月"的光辉的反射……

我们的快乐，不都在相互投射吗？

即使忧伤，也唯美，因为忧伤，也属于独"塑"。它是专属，你可以独自品鉴。忧伤里带着提纯的快乐。

快乐上升，上升……与"月"接近，迸发出光华，给人快乐。目光明净，皮肤润泽，体质强健，音质清脆……魂魄，似乎跃而欲飞……

母亲

人类的繁衍，依赖于女性孕育。女性不孕育了，人类即绝，应是如此吧。

一位女性，生育了8个男孩、5个女孩。我看到吃了一惊，一个人竟然生了这么多！。

这时代，很多女性一个也生不了，大部分剖腹产生，多奇怪！孩子降临世间，居然要动刀。女人爱漂亮，这时却非要在腹部划一刀。这一刀，我以为是女性的羞耻。

繁衍生息，是生物延续的基本诉求。除非有疾体弱，那当是另一回事。

这位养育了13个子女的母亲，名叫王淑贞，生于光绪年间，生命跨越3个世纪，她的先生50岁时乘太平轮前往台湾，途中不幸遇难。之前她是十指不沾阳春水的富家太太，先生离世后生活越来越窘迫，她一人含辛茹苦、呕心沥血地养育子女。这13个孩子后来全都成为拥有博士学位的精英，颇具知名度的刑事鉴识专家李昌钰就是其中一位。

她的教育理念是"孩子，不仅要长大成人，更要长大成才"。一门13位博士，据说这在全世界都绝对是个奇迹。

伟大的母亲，是世间最珍贵的存在。人类需要母亲，需要优良的基因。

优良、优秀、传承，生生而不息。

每个小女孩，不出意外，长大以后都极可能成为母亲。善待、孝敬含辛茹苦的母亲，是社会优良之士的担当、责任。

躺平

躺平，躺着自然平了。从前棺木里躺着的人都是平的，可他已死。可现今，明明活着，却也"躺平"。

所谓"平"，可以一时，不可一世。天有不测风云，人有旦夕祸福，躺平，还要视具体情况而"平"。

古人说："穷则独善其身，达则兼济天下。"古人最具"人"的气质。婴孩、儿童、少年、青年，优良质地的人哦，他们原本是真正的人，区别于他物，拥有纯真鲜活的心灵。

成人，应是一个"++值"的存在，在成长中增加了知识、文化、经历、思想，但抽离渐失的，又是什么？

不论失去什么，最不能失的，我认为是鲜活的心境，此乃生而为人的基本意义。

没养过小动物，不敢靠近，更不敢触碰，因为害怕。听说它们会有高兴或是不高兴，只是没有人这么复杂的情绪。

人的丰富，在于大脑或者心灵。无论心、脑，都在一个身体里。修养身心是必然的，强健的身体，承载着自我精神的升华。

伟人青年时代也说过："文明其精神，野蛮其体魄。"二者息息相关，融会通达。健康的身体是一切的前提，心灵的愉悦舒适，直接取决于身体的强健。

因果

成熟之人，会用"因果"二字形容事物的前尘之因，结出后来之果。前因，而后果。

因果，是自然界公平公正的有为"法则"。

"一切有为法，如梦幻泡影，如露亦如电。应作如是观。"如是观的此刻："哗哗"雨水，其来舒舒……

所谓"事业"的成与败，金钱的多与少，与快乐程度有何必然联系？当然，于德才俱备俱臻者而言，财富多多益善。不懈怠，不抱怨，坦然纯粹，境界自生。

法则亦纯粹，是从附着于现实的多重因素中剥离出来的，于纯理性或纯感性而言，法则往往不是人肉眼所看到的表象。

结果是，法则并不属于现象的一类，它是有所遵循的，是一条高山脉络，循高山万里可见。

因果，无论你见与不见，自盘古开天、女娲补天以来，都是永恒存在的。

秋之神韵

秋，秋之神韵，神在何处？

"人心能静，虽万变纷纭亦澄然无事。""澄然"之境，是我眼中的秋之神韵。神，在韵中；韵，是时空之境中流溢之气息。

知否，知否，西谚亦云"当你心怀星辰时，整个宇宙都会助你实现愿望"?

水，上善若水。水流，高山低谷，通达无阻。人之体，畅游于时空之境，生长、觉醒，如水如流，顺境通达。或亦有逆境、历险……

可能如齐天大圣般，逢凶化吉，遇险呈祥？哦，那是神化了的故事，是天才作者富饶的想象力穿越层层界限对人性、物性、佛性、神性的极致演绎。

回到秋天，回到我们的时空之境，依然有得天独厚、被赋予之无以言表的极致舒悦……

知否，知否，秋天的童话？童话，是儿童的乐园，是青年的"否定"，是成人的避难所，对于觉知者，却是澄然之境，是神性、超越之性。

秋天，9 月属于这样的季节。深爱我的秋天。

吹哨之音

为了夺人眼球，悬崖险境拍张照，留神了，但还是有意外，跌落悬崖有之。在某景点，有人兴奋得张牙舞爪，狂摆"照"型，到此一游，呼之嚷之，声声不绝。

"到此一游"，毫不新鲜，神猴早就玩过了，他在佛祖手指上写下"齐天大圣到此一游"，并撒尿为证。

不仅齐天大圣为之，据闻，大文豪东坡先生在西湖共留下五处"到此一游"，今人还遗憾有四处均已消失，否则又会多出一些传世典藏来。

聪明神勇如神猴，智慧旷达如苏轼，也不脱"到此一游"，况寻常凡夫。然书而诵之，绝非凡夫游。

蜂拥而至，是群居动物的特点，上月海南三亚滞留游客8万多人，汹汹疫情，毫不留情，热闹的旅游城市被迫按下"暂停键"。

今时，本城某舞蹈中心立案调查因聚集性带来的外溢扩散风险，据闻此非青少年舞蹈，而是成人之"蹈"。

人，越大越不耐孤独，投入众人中为普通人，快乐、开心，都挺好，无奈一时不放弃"众乐乐"，则转而悲。

成年人，不耐清静，喜欢"众乐乐"，不甘落后，唯恐被"乐"所弃。

这城，满目树枝青翠，花儿娇俏欲诉，美丽生灵装点了城市街景，天宇明媚，大地的生命活跃。

命在途中，生命，是一堂永远的课……

你听，你听，谁是你的敲铃或吹哨的人？生命之铃、之哨，一生，要响多少回？

时光里的慧光

智能，是后天所获，还是生而即有？

智能，让一个生命体通透。个体的存在，蕴含着自给自足、自生自治……

一种性质或本性，原本是有限的。因为个体意识的萌发、生长，性质或也可能生发出前所未知的新意来。

比如法则，它的存在并不由个体主观定义，但人利用法则时极有可能展示出特殊的偏向。因此事物的产生、发展，会生成起伏的波浪线。

水波荡漾，湖光山影，映照之间，栩栩如生。

时光里的光与慧，也含偏颇意。

我拿什么奉献给你

就独立存在的个体而言，纯天然，又有主观性，是存世的基本法则。是的，法则。

因为我们不是被输入指令的机器人，我们是结构简单又繁复的血肉躯体，大脑的构造，可无限开拓。

"知止而后有定，定而后能静，静而后能安，安而后能虑，虑而后能得。"

得什么？某一夜，当你端详天空之时，恍然之间，哦，原来此途此境，亦一天然物理现象。

决定偶发性的因子，是毫无预设的，是一种行进中的深入见识，见微而知萌……

在某些偶然的情形中，出乎意料地，在茫茫浩空里似有线索牵引，使人进入某种思想航线，遵循着天然的轨迹、原则而得到某种启示。这是否亦属于进阶中的物理观象？

观天象，需要不停地问，不停地思考。

"雨季奉献给大地，岁月奉献给季节，星光奉献给长夜"，我拿什么奉献给你，我的生之涯？

未来

一餐美味，一个高性能高价位的物品，一处绝佳的景观，凡此种种，均可满足于我们的感观。

此快乐，于往后的时间里，在记忆里繁衍，生长，让人回味，悠思缕缕……或可滋生出许多不一样的情愫来，让快乐持续，或让伤怀蔓延。

影像之学，如复刻之脑海，都可以贮存、过滤、美化。

当然，大脑定胜于机器脑，还有无限可开发的空间。精深的高科技，都出自人类杰出的大脑。

人之脑，先知、先觉，科技脑必服务、服从于人的杰出大脑。

我们所追求的无限、永远的意义，始终是人。

对于不断繁衍的众生而言，永远，是众生的生之涯。

大脑，复刻了你眼目所见的一切，时空里，时空外……

或许，在久远的未来，在更有智慧的人们的研究下，人可死而复生呢！谁知道，遥远的未来会发生什么呢？

生长

"近水知鱼性，近山识鸟音。"

鱼儿在水中，小鸟在天上。我除了会吃鱼，没抚过小鸟。生命的存在，自有它的道性。

一地勃勃生机，一地荆棘遍地，一地小桥流水，一地荒芜黯淡，一地姹紫嫣红，地域差异，如此明显。

地球，三分陆地，七分海洋。陆地有水域、山脉、平原，人所占领的为小部分。

人的力量大，人多力量尤其大，群体力量巨大，谓"众人拾柴火焰高""众人能移万座山"。

可是，群体中，人的能量却一定不是一个平均值。物品可均，人品非也。

如实验结果："在素质相同的前提下，人多的一方力量会大于人少的一方。但是，如果素质不一样，则人多的一方未必比人少的一方力量更大。"

所以，对于国家、团体、个人来说，力量的大小，素质的高低是决定性因素之一。

世界在进化，在飞速发展，人的思维能力也在提高，国家正在经历百年未有之大变局。

个体聚集成团，团队合作力量大。当然，合作中也要保持独立，要有清澈、明朗的思维，力量才会越变越强。

生长，宛若"接天莲叶无穷碧"，纯粹境地，悠悠无限。

恒常

日复一日，年复一年，周而复始，是一种恒常。

恒常的是生活，或者说是日子。欲望，也会是恒常的吗？如果欲望也能如此恒常，向往着值当的方向，这种恒常，必会得到奖赏。

据说，时空中存在永恒运动着的能量，能量在不停地运动。

很多时候，我们肉眼所见的并非事物本质，肉眼看不到的或许才是真实的存在，时空中的能量，即是如此。

与其说科学创造了世间一切，不如说是思想创造了一切。思想来自能量场。

"勿以恶小而为之，勿以善小而不为。" 生活是由一件件小事构成的，大事不常有。如果将日常生活中的小事都打理好，持之以恒，一切也定然会变得越来越好。

"思与在"的写作，也成为一种恒常了吗？这二字显现，念起即觉，觉之即无。不怕妄念起，只怕觉知迟。

雁南飞

雁阵，白色，划掠天际，向南飞去……

我在南方的远红外线里，想象北方的冬天，大雁南飞，向南海之南。在昨晚的夜色里，我的柠檬树旁，白色雁阵越过楼宇，划掠天际……

小小的鸟儿，飞得那么高，那么远，它的一生要跋涉多远，翻越多少峻岭和山脉……

羽翅扇动无数拍，体力可能支撑？洁白的雁阵，始终不染尘埃，不变脏，不会黑。

血肉躯体，靠什么维持体力、生命？没有维他命补充，如何千里、万里不停落？

雁儿往南飞，布阵天之际。莹莹皎洁身，别眸云中岭。

雁字回音

雁的国度，在哪儿？

雁的国，在天空里。雁字回音，天空是家国。

领航之雁，必为最强壮最智勇之雁。据说它会照顾每一个跟随的雁儿，不会抛下任何一只老弱病体之雁。当领航雁感到疲惫时，会自行排到雁队后方，这时雁队会有其他大雁带领飞行，每一只大雁都有成为领航雁的可能。

空中的雁阵，它们不孤独，孤独的，或是仰望它们的人类。领航之雁，使命之雁，力量来自强大的自身和群雁的信任。抬头仰望，仿佛能听到回荡声音："跟随我，一起在天空翱翔，天空，是我们的乐园。"

万水千山，风高雨霁，一行天字惊破梅心。

知否？知否？进化中的人类，大自然、天空中，你抬头……

天苍茫，云悠扬，愿云带上我的思绪，飞入天空雁阵，变成天空的一行字。

人间四季，翱翔，舒心，心至悠远，景致无涯。雁的国，南方北方，高天之上，一览无余留。

仰望，聆听雁字回音。知否，知否，旅途的美好与辽远的忧伤？

差异

遵循自己的思维，自然可以一如既往。

个体存在的差异，除却学识，关键在于性情，在于拥有不一样的岁月。

有的人，即便养尊处优，但本身的品性和素养，亦能抵挡动荡的日子。

也有人，即便经历艰辛磨砺，也不一定会悲酸愁苦。

人皆有局限，现今的所谓"公众人物"，尤其，还不具自知之明的，虽然受到众人追捧，但一旦褪却强光，不堪一击。

之前我的西餐·咖啡·画廊，常有剧组找来作为场景拍摄地，首先入场的工作便是布线追灯，灯光之强，令人窒息，我总希望快快结束，恢复安宁和谐。

演员表演的角色，切莫将他们与现实混为一谈。如演袁世凯的演员演得再好，他也不是袁世凯。

前些年，看到电视剧里港剧小生在内地出演，演起历经艰苦卓绝的革命者，像模像样，令人叹为观止。要知道再往前些年，他们或许不知道什么是"共产主义"。

实相、虚相，对于有些人，皆为表现，表现即有限。有限，又薄弱到不堪一击，失却有限资源，便真就毫无意义。

生活，本有它美好而辽阔的意义，对意义的寻找，本是人自身所赋加的。

否则，你愿意将头颅赠予你的宠物吗，或与它们互换？

意识王国

如果说意识是一种形态，不如再将之更加形象化，将意识喻为一个国度。

如果意识是一个王国，自我即它的立法者。意识之国的设立，依道德原则在悬崖峭壁设置悬索，是需要掌控能力和领悟之力的。

缘悬线求索，目之所及，如藕丝一缕……

若比股市，重仓深套，不可自拔。然而人在生活中，不能被困扰束缚，不能被烦恼所挤占，应当不予理之，接受教训，永远不忘前行与自我超越。

此番一缕萦回，是贵重精神之象，关乎灵魂。行进之程，仿若不断被启示被指引，一缕之迹，它在等待着你到达。

意识之国，它准你开疆拓境，予你舒悦，更远的意识领域，也可能并非冰火极端，也有海阔天空任翱翔……

意识，在大脑中，原本就存在，但是，要将它建设为王国，则需要能量场，需要拓展，需要进取。

舒悦与忧伤如影随形，忧伤，有时真就过不去，所以意识王国需国富民强，"不战而屈人之兵，善之善者也"。

秋之童话

都说秋天是凋零的季节
她的玄关挂着梵高的《秋》

秋

丰厚　静谧　神圣

秋

是　雨中舒

秋

是　一幅镌刻在风中的画卷

秋

是　一份大自然挈携的礼物

秋

是　弥足珍贵的人间盛宴

秋

是　水平面澄澄的涟漪

秋

是　让你　不忘其项背的记忆

秋

是　一双浸染中的美眸

秋

是　天空　馈赠大地的童话

悬设

此处所谓悬设，非指无法被证实也无法被证伪的假设，我想说的是某存在于万事万物之中的线索，它为不灭的灵魂而设立，不能等闲视之。你没理由无视它，它让你专注、凝思，它让你从中获取非同寻常的乐趣，是一种神秘的极端实践。

或有一个世界，自有它独特的法则，有无拘束、无纷杂的"自由"。层层递推，悬设虚幻吗？不，它是体验中的真实，是一种实质。

它亦在选择，选择一种性格、一种纯粹、一个实体，借此完成她想去完成的，实践主体概念。

如此实践，通过一个延续之境途，层层供给……

宇宙，容纳多少理念，多少意识，多少形态……

宇宙涵所涵摄的一切，等待未来所开启，且予以新的命题、概念、原则。

赋予，亦一种意义。意义独具，毫无普遍性。孤独吗，意义？

精神境界

当今的成人或未成年人，心理干预的需求越来越大。活着的意思在哪里？

心脑一体，相距并不遥远，心智未发育健全是个问题，周遭环境不利于成长更是问题。古有孟母三迁，极好地说明了外因的重要性。

问题是，如果生活里没有遇到合适的师长、朋友，而是遇人不淑，推波助澜起坏作用，那道路多崎岖，险阻又漫长。成长中遇到善意、鼓励多么珍贵，它将一生留存于学子的心海之中。

有意思才会喜欢生命，尊重生命。生命是用来感知、"享受"的，这"享受"里蕴含着别样之意，不仅是感官上的快乐。

生命是一种触觉——触动，觉知，是有灵之物的异动。

微波荡漾，心驰神往，惊涛骇浪，常人不常有。或也有人就活于惊涛骇浪中，遇世事却泰然不惊，无所畏惧，这样的人意志坚定，坚忍不拔，不达目的誓不罢休。

时代创造人，时势塑造人，英雄特别盛产于风云激荡的时代。

看过一部谍战剧《风筝》，主角坚守自己的信仰，为使命付出一切，实现了自身的价值，他一生的坚守让人动容。

信仰，要坚持信仰。在惊涛骇浪里，如果没有怀抱信仰，不具备获得力量的素质，是无法坚守、无法完成使命的。

有人享受物质，有人享受精神，物质精神并不矛盾，它们可以相互转化，追求文明进步才是硬道理。

作为万物之灵的存在，我们是精神与物质的结合体，但须由精神指挥物质，而非被物质掌控。

精神之中展现出境界的层级，境界可生出无限风景。

言之序序

时间与空间，构建成时空概念。空间容纳的动态，即是运动中的状态，一切事物，都是运动着的。

运动，是显现之动。于人而言，当事物看起来静止时，实为一种内在的运动，即使处于睡眠状态，实际也在运动。

潜意识之萌动，像是在梦境之中，但或许更为真实，它直接将迷茫中的自我展示给自己。这或为一种启示。

如何成为自己，发觉自己，形成独特的自我？有一些条件，比如，知识文化、见识经历等，这些总是由低阶向高阶发展。发展进程无止境，似有造物之眸全境观览。

一种"气韵"始终贯穿其中，属于觉知，无止境。境途，也如四季一样轮回，不停歇……

或者，此境途亦是造物的一个试验场，造物不间断地进行试验，不管时光流逝、岁月变迁。

希望改变的意志，是属于造物设置吗？

月末秋雨，仿佛在吟诵，声声有序，言之序序。

超越

超越的自我，超越的梦想，超越的享受。

有无一种超越之自由？自由即自由，何来超越？

我思故我在，人因思维而存在。时空里，思维遍布成道、成象，在实践中，我们发觉，采撷尝鲜，尝到便有，反之，便无。

表象的世界，亦有它的群体智慧，更深层的超越的自由，必须亲临，深入探测。

超越，极少，不是没有。因少而难能可贵，因贵而显示神奇。当然，超越与否，不能因表象而表示可否，存在即合理。

我思故我在，当不依赖以往任何经验，不受任何束缚，精神毫无限制，唯存自律不逾矩，与纷杂保有间距，少受世俗侵染。

当然，精神独立，自然而然，不受拘束，这样的情景极少存在。时空中，自由之观象，为品性的超越。外观由内化之形态而显示，一切表象均由内象决定。

虚伪不可持久，品性决定着行为。

一切世上人，非七十二般变化的齐天大圣孙悟空，哪有那般上天入地的能耐。但是，伟大的作者有非凡的想象力，即使悟空，亦是他超越性自由的化身。超越的自由，当然是超凡的存在，否则，人人皆能成为悟空。

伟大的创造者，正是以一种超越的自由意志，创造了传世经典，永存不朽。

一个人的心灵、品性，决定了自由之限度。

引用居里夫人的一句话："我以为人们在每一个时期都可以过有趣而且有用的生活。我们应该不虚度一生，应该能够说'我已经做了我能做的事'，人们只能要求我们如此，而且只有这样我们才能有一点欢乐。"

价值

一个极其低劣的负面现象的产生，影响再大，也是表象世界的一般劣等属性。普遍现象里的普通一物，提取出来，它包裹着"财富"。

新闻是什么？于世界的各个角落，每天都有事件在发生，传播出去，即"新闻"。人人皆可是传播者。

荒谬事件，算新闻否？大千世界，此类"新闻"不会停止，但都千篇一律，当人们对这种"惊骇"事件习以为常后，"新闻"也就不再具有价值了。消息一旦不胫而走，事件的当事人悔之晚矣，他们只想让"涉嫌事件"消弭于无形。

价值观不为财产观，价值失了值，仅剩下财产，茶余饭后，皆是笑料。

无知者可以无畏，但财富的创造者不是无知的、怯懦的，他们甚而是勇气十足的，他们敢于打破常规，敢于冒险。创造了财富，带动了市场，提高了就业率，活跃了经济，毫无疑问，他们有社会责任的担当，能积极传播正能量。他们回馈给社会的，是作为引领者的价值。

因此价值而产生的新闻，才是具备价值的新闻。作为人，尤其是公众人物，应当格外看重新闻的"附加值"，如果尽传负面新闻，虽然吸引了眼球，但丢尽了颜面，毫无所值。

企业家、航行者，是表象世界的航标，但给大众提供"增值服务"的同时，切莫将价值消耗，一消而殆，殆而尽矣。

生命力

　　女性，以往很多年，她们习惯了忍耐。忍耐，被视为女性的美德。

　　但任何事，都过犹则不及。不论男女，任何时代，适当的忍耐，皆为美德。

　　美德，是高阶的道德，基本道德之上才为素质、涵养、美德，这是人性的更高维度的发展。这一切之德，绝非怯懦、软弱。

　　每个人生来便不一样，有人生性具力量、胆量，有人生性胆小、易惊。但胆量也可以锻炼，据闻，战场上勇敢的人，当初也曾是一听枪声就跑进厕所的士兵。

　　胆量，是与生俱来的，但有胆量也不代表真正的勇敢和有勇气。勇敢来源于哪里？来源于认知，来源于见识，来源于心胸的博大，来源于孕育中的能量。勇气，是后天成长中集成的体现。

　　不缺乏勇气，能适时忍耐，这种人物，可不得了。能成大业者，就具备这种气质。气质天成，也有后天培养。

　　人之趣味，高于其他动物，也谓"得天独厚，厚此薄彼"。何谓高级之物？要进化，要发展，要自我奋进。

　　勇敢，非虚张声势，也非盲目自信。虚张声势，是一种假象，为一种狂妄无知的怯懦表现。

　　有人轻易结束自己的生命，只因再也发觉不了活着的意思。而选择放弃，是否为一种勇敢？当然不是，这显然是一种沮丧，一种生之能量的衰竭。

　　若比之于一棵树，根之枯竭，活无所源，自然已亡。所以说，生命力是一种重大的资源。

　　身体力行，不断运动，是生命力的象征。生命力为能量场。

价值体现

人生于自然，对于环境，不可熟视无睹，环境里一切生物都在演化，同时具备感性和理性的文明生物尤其敏锐。人要不忘时刻提醒自己具有之精神的特性。

人之个性、属性，有一种内在深层的价值，高于所有外在的物的价值，是大自然的馈予。

自然为人建立一切行为举止，独创思想。如果把人的思想性情比作一棵树，个性为根植主体之干。

一方水土养一方人，人与水土、人与境是互相融合的，人身上倒映着环境的自然性。好比过去时代里的方言，各个地域都有差异，现今国语已然同化，南方人也讲很标准的普通话了。

你是否凝视过自己，不是镜中的自己，而是那位自己想弄清楚的"自己"，即内在的自己？

女性喜欢包，我曾在某专柜注视过种种包，价格5位数的，6位数的……有买些价格能接受的，6位数的没买，买回来的，如今都在衣帽间陈列着，没有再想提上的意愿。虽然它们依然如新，占据着开放式的台格，有时瞥上一眼，想，这是价值的体现吗？一个个仅是价格的显现。

对于物品，追求新颖新款是人的天然属性。商品营销，季季借主题之名推陈出新，甚而标新立异，谓之引领潮流、风尚。但消费确是要理性，当视自己经济能力而为。

季季潮流，徒有其表。永无止境地被"上架"牵引着消费，以为他人的认同就是实现了自我，表现了自我。自我，岂是如此廉价！

生活的延续，确实需要我们找到自我，不是镜中时尚光鲜的自己，而是自己舒悦、欣赏的，可以无限对话的，是真正的自我。

果敢

　　果敢，非寻常之力，工作中作为领导者定要具备，运动赛事中，天才运动员也要具备。

　　原本不具备的，后来得之，也非寻常。果敢的培养，有定律灌溉滋长，也需要极其挑剔合宜之环境。

　　社会生活中，果敢者，往往为男性。为何如此？因为男性生来便为不一样的存在，《庄子·知北游》中说："万物有成理而不言，四时有明法而不议。"西方《圣经》里亦有起源之义。

　　或者女性也不乐意"觉醒"。她们天生需要被保护，依赖于情绪的供给，想要依附于人，这有什么错呢？问题是，这一切全靠运气。

　　男性，审时度势，度的是形势、趋势、大势。女性，泛泛而论吧，审视的，是镜中花，度的是己之情绪……

　　春风繁花，秋雨梧桐。梧桐少年路，经霜而隽永。

　　时光荏苒，若不染风尘，归来仍是少年。

　　世界本存在，发展的速度不断加快，前方何方？生灵之物，却未进化出羽翼。

　　看世界的方式不再是难之又难，难的是情绪，情绪一定是有志向所向的基础的，既便如此，依然需要适宜的境土培育。

　　情绪，或可开出花蕾，长出羽翼。

气象

请相信，有一种能量和力量来自心灵。

快乐，完全由心灵而生发，它是一种绿色环保产品，饱满，苍翠欲滴。

是否感觉到血液在体内涌动奔流呢？这就是生命的佳音，我喜欢这种声音。

这声音驱动着、酝酿着、接受着来自磁场中的能量，打开这种能量，滴滴水珠聚成雨。

或者词不达意，但那声音，确属一种生命的亲临，自我可以感知。

昨晚参加婚宴，见到一位某个年节一块儿喝过早茶的女士，没想到她身上发生了奇怪的变化——一边脸瘫了，或许是我对这种现象少有关注，孤陋寡闻了吧，这是我第一次听说并亲眼所见。

她妹妹坐在我旁边，告诉我说是运动后吹风所致。人体如此脆弱，外部风吹草动，就可摧毁娇柔的生命体。她一袭红装依然艳丽，但半边脸僵硬，正在治疗中。上次所见，她多么活泼，笑语盈盈的。

生命的能力，四肢五官都需要通达，否则，即刻就会僵化扭曲，不再有生之力。

生命体的运动，是气、血、韵之流；生命力，是一种看不见的生命运动。这一切赋予之生命体健康、舒适、安然。

"以其知之所知以养其知之所不知。"健康，不仅仅是对身体而言，它涵盖了观念之健、气质之健、觉悟之健、"运动"之健。

此运动，亦涵盖我们知道和不知道的。

大自然有气象，精神即人之气象。一言以蔽之，专注、凝神，可汇聚精神，亦可汇聚体内之气流，使之通达四肢五官。意识、觉知，都来于此。

绘美

所谓痛苦，是不好的体验、感受。不好，生出痛、苦等味，如可观可览的话，它与快乐是截然相反的境途。

若可以选择，无人愿主动选择这些"味"。然而，自然的生命，自然（社会）会将这一"味"浅尝，或深尝……

但于有些物种而言，也可刺激生之活力，进而不断向"完善"进阶。

如果你相信，经过实践、征途检验，进阶途中会从浮光掠影、浅尝辄止，到脱颖而出、破茧成蝶，不虚此行。此为好运。

"鸟之将死，其鸣也哀；人之将死，其言也善。"此句话被视为一种真言、善言。

诚然如是，没有异议。然而，谁出生是为了直接奔至终点？

谁谁和谁，放眼生命，皆是为了生命之美、之好、之价值体现。

这一切，唯"善"是也。不必等至某点方知。

你听，你听，谛听天籁，人间几回闻。

那声音，悠远，绘美，寓好……

自信

自信，来自自我的建设。

当人真正地发觉了自我，自信就来了。

行一件事儿，投入了专注，时间，空间，凝视，交流，一切之一切。

"覆之以掌，虚若无物，手裁举，则又超乎而跃。"

而跃，跃的非物，她是神话传说，即来自神之凝境言之论述：品质、品位、品格、品鉴。

"其远而无所至极邪"，神话，是一篇《逍遥游》，辽阔高远，空灵蕴藉，绰约迤逦……

以流水，喻时间：流水"哗哗"，欢颜流过；依岸而立，不觉不知，时光飞驰，悄无声息。

有否一时一空，你是那流水，刹那之空间？觉知与时间汇合，与水浑然一体，"哗哗"之舒悦……

存在的自然好物、好景、滋味，变成极致之验，为自信的根源。

信，之于自我，已然付诸实践。神话，若袅袅风动，月华映水波。

规划

常言发展规划、规划发展等，可又如何发展之——生命？

听说马斯克准备亲自去火星殖民，能否成事，尚未可知，待观察。但他的探索"精神可嘉"。51岁，相对于他们80岁的总统，仿若少年。

"少年壮志不言愁，风霜雪雨搏激流"，愿马斯克火星计划成功，如愿以往，为人类开掘新疆域，且在新界域里繁衍，播种新生命。

生命力各有不同，首先，身体健康程度不同，体质不同。身体的能力达到极限时，大脑未必能同步至极，脑力之能及的，身体又未必能及。这世上哪有体力脑力都能达到极限的。

人要有雄心吗？雄心壮志，亦要有心力。人很奇妙，力不能及，便生痛苦。能够感知痛苦，是人与生俱来的能力。

当然，快乐也是与生俱来的，这就为我们如何发展个体的生命力提供了可能性。快乐，能成为一种生命力的话，何不发展？发展它，并借鉴之。

在现在这个时代，个体唯有旺盛的生命力，方能不断追求生命的价值。

生命，是一门科学，此学科既繁复又简洁。一念之间，万千变化。你看，你看，天上的云，变幻无穷尽；飞在天空，带给人间无垠的绝美、想象、活力。

这一切的一切，皆为生命之创造力。

生命力，乃盛开的花之蕊，是火星物种艳羡的钟灵毓秀之物。

美

尼采说："只有作为一种审美现象，人生和世界才显得是有充足理由的。在人生中，必须有一种新的美化的外观，以使生机勃勃的个体化世界执着于生命。"

Gucci酒神包，我有两个，于不同时间所购，款式一样，颜色不同。

据说，这个酒神包的名称来自古希腊神话中的酒神。

尼采的这段话有高度，可作人生格言，他的学说的核心也正是酒神精神。

美，是一个概念。美，可彰显，可抽象，形下可观，形上可思。

美，为物，为事物，为抽象之事物，也是现象、想象。眼目所得见"像"的存在，不得见意义的存在。

美，感观之美，所观之物，定能引起大脑的思想，因美的触动，形成某种反馈。

若将美之感应视为一种自然禀赋的话，则鉴赏力表现为一种主观感性之力。鉴赏判断既属于感性，又归于知性、智性。

这一切属性，运行在一个主观自我的规律中。

万事万物皆有规律，自我形成规律，亦是因自然之要求而发展形成的。美，于概念中属于自然感观，亦是自我规律形成的准则。

个体意识里思维能力的产生、生长、发展和形成，亦包含着美的具体事物。

现象

在自然而发的事件中，谁在其中？这个"谁"，就为这一事件的现象。

自身，带着个体特性，个体又携带着整体的特征。事件发生其实是果，此果还将催生其他果。在事件发生之前必有因，从因至果，形成一过程，这个过程有诸多变数，因此，同一种因，可能会有不同的果。因果是事件逻辑，不属于现象的一类。

但，"自身"这个现象，却有可能决定迥异的结果。

这"自身"里，除了身，还含有人的意志。此意志，为自由意志。自由存在独特的形式中，它是眼目所不得见的，又蕴含着"律"，由人的纯粹之意识起决定作用。

人往往以已知经验来判断、辨别事物，但经验不离所见所识，依据经验做判断，依然可能出错。

"世界这么大，我想去看看。"看看，当然还是不够。走马观花地看，行遍天涯又如何？有时，其实是很多时，行万里路，不如读几卷书。

人类的璀璨，或者就在这几卷书里。即便创作者从未走出过他的小镇，他仍是伟大的。他的思想在行，在跃，在腾，在升华，岂是走了地理上的千里万里可比拟的？

行千里万里去看看，于今日之世，就是看看而已，很多东西已失去。捧一个手机在掌中，即是一个世界，大家各自言说，都想掌握话语权，纷纷扰扰的。世界这么小，干脆看看也省了。

谁还在思索？不过是都在表达罢了。那些观点，可有坚实的支点？康德说："天才是自创法则的人。"现在多数发表观点的人，也在创造自己"法则"——我说了算。

生活中所观之象，皆是人们低首埋头之中，沉醉于手机中，而"自身"，再难成为一个现象了。

圆满

人皆有专属于自己的认知范畴，只因生活在固定的界域里。

此界域，指自家屋檐，及由此延展开的亲朋友人、各类关联。此为一天赋结构图。

毋庸置疑，生活有它的琐碎，完全沉没其中的话，可能不胜其累。

好友的父母是我们那所学校的教授，几年前和她约好去她父母家看望。她为他们请了钟点阿姨，休息日自己也会去为爸妈做一餐饭。

我们相识于少年，她是家中最受宠的小女儿，那时零用钱非常多，她大气又爽朗，善于交朋友。

记得在她家吃过一餐饭，从学校食堂打来的。她爸妈是大学同学，妈妈不会做饭，家中事务主要由爸爸打理。

这些年我们偶尔见面，她说，你不做饭吧？我现在什么都会了，走到哪儿，都是我来做。

这个"哪儿"，指她爸妈家、她先生的父母那儿。她先生的父亲对她有些挑剔，然他们相距了几百千米。

除了对这点略有微词之外，她对现状很满意，生活安逸，财富丰厚，工作自主，大家庭亲情环绕。她有一个哥哥和一个姐姐，哥哥与她同城，姐姐在北京。

"生活圆满。"她对我说。我相信的，确实如此。

在她之界域中，如她所言："我和谁都能生活得很好。"我相信是这样的。这话是她谈论起她和前男友依然往来时说的，仅仅往来而已。

有一种女性让人感到温厚踏实，时空里的"少年记忆"，她们有良好的教养，能永远坦然地面对所遇的现实状况。

她讲述了一段小插曲。她先生的父亲住院，她包好饺子和他一块儿送去，父亲吃完极端不悦，说了讽刺的话还不解气，剥了一根香蕉直接将皮扔到病房的地上，她不发一声弯腰将香蕉皮捡起投进垃圾桶。

为什么不满意呢？家中事项皆按照她的认知来规划，包括孩子读的国际学校，但她先生的父亲性格强势，善于主张操持……

生活，于谁都没有一帆风顺，"圆满"如她，也会遇到各种难题，唯一的破解之法，是以一贯从容的姿态应对各种状况，修己身心，律己宽人，安然自若。

方向

世界虽大，却可缩为一个地球仪。多少年前，这城将世界著名景点浓缩在一园区，谓"世界之窗"。好多年再没进去过，因为世界，不仅仅只在窗外，也已经躺平在掌心了。

既然如此，公园里的"世界之窗"已然履行完了它的"限制"性的阶段普及，无有延伸之新意，不予换代再创造。

以为早已是"人民公园"了，没想到其实不是。某次驶往华侨城，问人："这儿已经是开放公园了吧。"答："怎么可能，投资这么大！"

当初一个概念，因为是首创，所以吸引了汹涌的人潮，成为地标景点。时过境迁，现在虽不及当年风光，但仍然是历史的见证。

历史比人久，古董更有价值。价值不同于价格，价值在于不仅见证了历史的脚步，还有时光中那些"哗啦啦"流淌过的故事。故事，一遍遍重复，一遍遍演绎、论证，万变不离其宗。人还是人，物依然是物，地标代表某种趋势，如今新标无疑是前海湾的摩天轮，开放式，遥向天……

一个圆，立南海，望星空。据说造型灵感来自对海洋的奇想，在摩天轮上，蓝天白云之间视野极其开阔。

极致的视野，让人与天地自然景致完美地融合。时代之审美，彰显了认知的升华。

物如此，物为人所设，来自更新换代的科技智慧，科技永远在超越中进步，智慧虽然不容易超越，但也在进步，毫无疑问，它一定是没有极限的。

人处在世界中，但人可以超越世界。你看，手中的地球仪，浓缩了多少倍。我会想，自己能否在这个"世界"上发现点什么，未知的、新颖的、奇妙的、旁人没有的？

旁人行了他们的路，创造了他们的人生。

每个生命，自有它独自的韵律，像有一双操纵旋光的无影之手在弹奏。

心迹之旅

风涌而出，实践荣耀。于每一个人而言，其身是一切之目标，一切之构成因素。

曹雪芹在"举家食粥酒常赊"的极度贫穷中写出一部《石头记》

（《红楼梦》），并且披阅十载，增删五次，却不被世人理解。他自嘲说自己写的不是什么"理治之书"，而是"适趣闲文"，供大家茶余饭后消遣。

来世一遭，不被世人理解，为的是借林妹妹之口说出一句："我为的是我的心。"

时间，会证明所有因果，他的这部《红楼梦》，永远鼎立于中华文学的巅峰。

万物之灵，创造了缤纷的世界，但我以为，真正属于荣耀的，实为一种智慧之创造。

那些进行智慧创造的人，把在这世界上存在的过程看成"心迹之旅"，唯不负此，才能与世长存。

那是不负韶华、不负时光，将生命看作一种修行。

所谓"心迹之旅"，即要对待自己有诚意，为己而活，与时共振，亦能为需要自己的人而立。

世间的公平、价值，于时光中驰行，"山鸣谷应，风起水涌"……

你是怎样的人，世界便怎样待你。

扬帆信风

人是自然界一物，自然的力量当超越人的力量。人所需要的一切生活资源，皆来自自然界。如此，小事人可做，"大事"非人所能定，自然之意不可逆。

何为小？又何为大？小小情绪为小吗？可不一定。情绪，彰显了一个人的精神面貌、性情之征。情绪为一种"天意"。

人类的历史，都是通过实物、文字、图像等记载的，这些记载物，都有人类"情绪"的浸润。

于小而言，情绪，承载着一个人的风水流向，即可称为命运。是的，情绪决定着路途航向。

可以这么说，人类的DNA中充满了情绪因子，早已写好命运密码，人类成形以来，它就于时空里显现、传递。

情绪的汇聚、形成、衍生，亦为一种自然现象。你看头顶的天空上，云霞朝飞暮卷，风吹雨落花开，自然之景无不成像。

如果平躺在大地上，你会发现，天空变成了海洋，人却并无越界之惑。惑，亦人所设。

人之情绪，好若迷幻的天空，"浩渺行无极，扬帆但信风"。

自由

某种规律的产生，是所发生之象的反映、呈现。越自由，越自律。

如果说一切世象都符合自然之因，那么自律，实际上就是一种自由的基础。

毫无疑问，自律是一种自我管束的能力。自由并不是无原则的放纵，而是由某种规律上升、衍化、生发出来的。

敏锐的感性的直觉存在于意识之中，意识是个体的先天秉质，所谓"秉质之清浊厚薄亦命也"。

自律，也带有与生俱来的成分，有些人自律能力强，有些人自律能力弱，存在差别。自由，或为一种高阶的自律的馈赠。

正如《诗经》有言："有匪君子，如切如磋，如琢如磨。"

西方哲人亦说，自由就是道德的存在理由。

自由，生发于自然规律之中。无论东方西方，智者，皆与规律高度契合，善用规律。

自由，于规则和自律中生发，是智者的美观之"像"，自由，是千寻长廊，花开眼前的弥望。

灵魂（一）

知其然不知其所以然，人们常常如此。如有人知道很多所谓的"潮品"，报得出一长串名称，以有之且让人瞧见为荣誉。

现今，人们对这种"荣誉"更趋之若鹜，达到了一个高峰。比如，有些人被称为"国民某某"，其实，他们一般多财而不"国民"，他们的财富也非国民之财富。

再如，随着时代语言的不断推陈出新，人们追随潮流，追求什么"灵魂伴侣"。

咖啡伴侣或许有，灵魂伴侣，此"魂"大都为孤魂。

灵魂之路，从来都是少有人行的路。

这世间，灵魂无处安放，它只能如风般飘动。风，真的哦，风或许是灵魂的伴侣。

灵魂的界域广袤而浩渺，可容人的身外身、梦中梦去探寻、翱翔。

身体需要滋养，面貌需要神采。灵魂，穿越云层万里、暮雪千山，不负遥遥路途，纵横驰骋于思绪中。

灵魂，是身体隐藏的境途生出的舞蝶飞花……

寻觅灵魂，如在一种极致深处的长亭中漫步，"此亭不与众亭同……宜在深秋寻梦色……"

探索灵魂，是神圣、神秘之旅。

灵魂，是福田之雨，天上来。

灵魂，是生命存在的至高象征。

灵魂（二）

再说灵魂。

灵魂是世俗世界以外，人的体内存在的"世界"。

这"世界"里，有百啭鸟语花飞千里，有旖旎湖光缱绻涟漪，有长亭致远闻雨霖铃……

对于这个"世界"，昂首而立、"逸响伟辞，卓绝一世" 的屈子如此形容："夜皎皎兮既明……心低徊兮顾怀。羌声色兮娱人，观者憺兮忘归。……青云衣兮白霓裳，举长矢兮射天狼""登昆仑兮四望，心飞扬兮浩荡"。

这"世界"，如何构造？富裕或贫瘠，非自选，为一种天然之意。

世界越来越喧嚣、浮躁，身在其中，人越来越不能自主。如何生而活，已是相当严峻的问题。

眼目所见，各处都在售卖，皆澹澹叫嚷个不休。

如果知道体内血液如何奔流，你就不需问医就诊。良好的情绪直接连接着身体，心灵丰盈，情绪饱满，自然身体健康，神采奕奕，你就不必额外买神仙水。是的，不用任何爽肤水、精华液，身体自动有能量循环。

人的身体要健康，除却各组织器官精密协作，性情也是一个重要因素。

自我精神、情绪的参与，攸关生命之发展。

生命，是科学中的科学，一切学科之上的最重要的科学。我们永远在路途，永远在觉知，永远在自我建造。永远其实并不远，永远不嫌之永远。

永远青春，年华丰茂。青春，一定有灵魂的陪伴、相随、环绕……

长大

《新闻联播》后，跳出一剧名：《二十不惑》。前阵子似有《三十而已》，不过仅仅看了字幕而已，没有多作浏览。

前几年在中心书城，顺手翻开一本"书"，一个功夫明星的自传，翻翻而已，浏览到一句话，大意是还没长大就老了。

可见，长大这件事多么漫长。

没长大，是自我对时间的感觉而言，以为没有长大的人，那就真的没长大，因为得天独厚的环境——被宽容，被厚待，甚而被纵容。

这句话里，自然有遗憾，时光匆匆，还未曾成长为"自我满足"的样子。

何谓长大？许多人一副成年的模样，以为世事见怪不怪，以己经验看事待物，己之经验是满当当的世故世俗。

有神经科学家提出理论："人类认识的每一样事物，都会有在皮质层上的一个神经元与之对应，而且不仅是对自然事物，对于思想概念等抽象事物，也有各自相对应的神经元，并形成地图。思考的过程，就是在观念的地图上进行游走，寻找关联。学习和思考，就是建立地图的过程，就是你对世界的建模。"

关注自身，行于思维，即是关注世界，建造思想思维的模型，需要有独立思考的能力，独立思考需要相应良好的内外部环境和条件。具备独立思考之能力，为一大幸运也。

长大，就意味着具备此能力。还没长大就老了，幸与非幸，就成年人各自的经验，是无法对话的。

天人合一

北方早已下了第一场雪，我们这儿却天天开空调降温。季节、时空的变化，从何而来？

天上云，雨中舒……

大前晚临睡前，我的天空，为我演绎了精彩绝伦的一幕：

轻云舞娉婷，曼妙淑女态，涓涓映琼姿，清绝撼双眸。

美好至极的景致，影映脑海里，葆有，永存。

生活，由什么构成？意识，如何之唤醒？

东方智慧里的天人合一，如何合之？

情绪之美好，从何处而来？心灵之喜悦，如何从内自然而然、源源涌流而出？

仿佛，归本之源，眼中景，入时空，化为涓涓细流，与天上的飞云一起，慢慢演变。

此时，彼时，但愿，复来，还复来。

蓝色

天空，海洋，都为蓝色。

蓝色纯净，象征着无界、无限……

纯粹而又广袤的颜色，能唤起最强烈的感知力。

行稳、清冷、深邃。颜色，是生命力的代言。

行稳而致远，颜色，亦是一种语言。

天气，即凉即热，午时短袖，黄昏夜凉，拥挤的衣柜里，再来一件不一样的蓝色吧，可抵寒凉，适宜运动，连帽竖起，行进于南方的夜色中。

风来雨舒，凝魂聚目，星星亦认得。

信之行之

无处不在，无处不在的是什么？

空气之心，气韵之灵，灵入汝心，汝心可信，信之融彻，一彻万融。

知之信之，信之行之⋯⋯

知之行之的智者，2500 年前就告诉了我们他的发现："有物混成，先天地生，寂兮寥兮，独立而不改，周行而不殆。"

知之信之，信之行之，万物自然，绵绵若存，衍发而生，为永恒之定律。

一切物质、事物、生态、理念、精神，都遵循自然之规，逐序之规。

博大丰富之意蕴，为发展进程中之自然规律。时光流逝，人若初见，星河洞见，如一之一，如葆之灵。

云落娉婷

午后，炽阳炎热入骨，只能身着夏日新袖。

傍晚，漫步街头，又见路人穿着长袖厚衣，羽绒应季皆现。

听闻，有人至今未有注射一剂疫苗，恐结果不良。有人注射后不适，认为是其果效。

个体状况，都不相同，事件发生，予脆弱个体以警示。想想若干年前，医疗条件极为有限，人们全靠天生性命生存。

人之为小，沧浪一粟，天地一微末。宇宙之中，地球亦尘埃，况人类个体。

人之又何为大？千古智者说，宇宙间有四大，而人为其中之一。

个体之体渺小，唯其性之生发，方可立于天地间。疾病，往往与个人习性相关，可谓心性疾病。最好的医生，其实是自己。

个体生命体，如何流经，如何环绕，如何生发，如何铸造？

何谓知？"人之所有者，血与气耳。"生之体，需要觉知，心性为正，能量自会产生。

金代医学家张从正一生精研《内经》，悟出："《内经》一书，惟以血气流通为贵。"血气流通，即为健康。

一天一时一缕，体内气血的江河，可塑造生机，使百病不生。一方水韵，一方生人，泽被之体，动静皆宜。

话说历史，生生不息的进程，永远在蜕变中生发，存在即生长，人本为人，超越自我，即是人生。

2007 年天降"轻云舞娉婷"现象予我，我感到自己年方十五，正青春。清音空谷，闻雨霖铃，袅袅风盈，云落娉婷。

悠然窈窕

"非宁静无以致远，非淡泊无以明志。"宁静，意味着天性中的纯朴高尚；淡泊，意味着清浅淡雅的境界。

千年文脉，光华灼灼，我们的先辈，视野开阔，具有远见卓识。明月天涯，风神眷念，不期而至，人间所值。

印度泰戈尔说："当飞鸟的翅膀缀满黄金，它就不能在高空飞翔了。"

飞翔之鸟，以黄金覆之，就失却了美。

美之为美，在于清新自然，动静相宜，音声相和，意象美好。

世间的强大或弱小，并不重要，或强或弱，皆非恒定。飞鸟、星辰、小草、枝叶、河流为一恒量。强与弱，变与幻，唯生命之性灵，不同于战争场的输赢。

天涯行之，如梦初醒，彼之荒原，吾之空谷，微风徐来，曼舞纷呈，悠然窈窕。

生命之河

天下有长河——人体的内流河，恒温微循环，百毒不侵入。

阴雨绵绵天，温度变化，身体的温度却基本不变，环境温度与体温差变大，人就会觉得冷，所以要保温。冷的丝丝雨，暖的内流河。

片片汪洋，"流感"来袭。良好的生活习性，为健康之体的必需，可以抵御病毒，亦能体现一种人生态度。

生而向好，态度温度，维则既明，健安其身。我们体内，有一条奔流不息的"生命之河"……

健康体质，身体力行，方可享有。程颢说："万物静观皆自得，四时佳兴与人同。道通天地有形外，思入风云变态中。"

身体安泰，思想健康，俱安则雅，和合则美。所谓法则，不正如此吗？

相信你的身体吗？身体有一种开创性，健而康泰的体内，每一粒因子都有着各自的生命能力。

《黄帝内经》说："正气存内，邪不可干。"

浩然正气，为充盈之本；精神内守，为情绪之美。生命之密钥，不负万物灵。

阳光正好，灼灼其粲，身体的暖洋，安而流之。

思而知乐

阳光明媚，舒缓悠长，时光正好，盈盈摇曳。

人皆有性格，性之果，皆来自起心动念。阳光舒展，花草向阳，人的襟怀又何必避阳，何妨开阔心胸，以更包容的心态处世。

阳光的阳，非"阳了"的阳，虽为同一字，意思却迥然而异。心若向阳，神采洋溢；草木向阳，青郁盎然。生机与活力，就在暖阳投射的一抹柔韧光影里……

时间不堆积，日日长进襟怀宽，太阳恒在，照耀身心，沐浴光影，终于懂得时光馈予的美好。

天地生灵、自然之美和生命意义的体悟，皆源于生命体的殷勤探求。

神志内守，"非知巧果敢"，宁静致远，唯思而知乐。

我天生与人有距离，只能与少数人建立关系，这是否是天然就有了一种人情世故的免疫力？

至今，某些事物、现象一直在路途中，新生新变异，无以掌握，无以捕捉，这也是一种历史规律。

时代需要财富自由，情绪更需要自由。情绪向阳而生机，富盎然活力，但这不是毫无节制的泛滥之情绪。

向阳而立，逐光而行，随机而动，灌溉体魄。让思维、想象、意志在身心中蔓延，让健康成为常态。

情绪之美好，方为世间真境。你与世界的关系，全在自身的扩充中，生命的大与小，空间之小与大，全从自身生发。

未来

未来，是什么？

当你此时，心安宁，身健康，清波漾漾，内外投射，已然未来。

未来，不在别处，它是自己，它是美好，或然奇幻、一念心域、一种修养、一界真境。

未来，是今天，是昨日，是过往；是悲悯，是涵养，是恒常；是修炼，是心所向往。

未来，是不受蛊惑、不浮虚名、不寻浮躁、不染喧嚣，或许是惊慌失措，恐惧忧戚。

未来，不仅是未来到的日子。未来，是你行过的所有；未来，是永远值得期待的自身。

未来，是人间曙光、阳光照耀、天空壮丽、皓月澄明、风雨霖铃、美好成"臻"，你亦其中。

人生之道

之前某谍战剧中，一个天才数学家，性格开朗，为人热情、善良，后来却被她帮助过的困难同事的老婆迫害致伤，成了植物人……

天才与众不同，但天才的结局，让人唏嘘、叹息。因为她是天才，善良的人们对她怀有更高的期许。

因为这个剧，引发了我的思考，不论男女，外形优美、天资优异，某方面极为突出的人，就是"完美"的吗？

普通人或许常常羡慕别人的"财富"，甚至是"才富"。我最近关注、浏览了一下直播带货，昨天就下了几十单，对吃的没兴趣，穿的也不会看，下单的全是饰品，比如"豪华大颗料大龙珠富贵天然珍珠戒指"，这是早几天下的单，1号一早收到货了，没想到真的好看，越来越喜欢。新年两天又在一个直播间下了很多单。

人的某些兴致之起或许就一时，物品物质可以带来些快乐，我知道于我非常短暂。前段时间于专柜购买的衣服，其中一件价格较为昂贵，当时看到好喜欢，原来选好另一件，临出门时看到它，爱不释手，换了它，回家试了一次，再也没穿过。它洁白晶莹，右肩上绽放着大朵的夺目的红梅花，纤尘不染，幽幽梅香，似乎太过隆重了。

完美，是什么呢？内容加形式，完整无缺憾。可往往，别说普通的一员，即使天才，生命的改变也让人如此猝不及防。

衍化至今，一切皆为进程，我想我们应该多了解生命科学，了解自身，不受外物侵染，保持身心的鲜活灵动，身心健康则有灵，灵至则通达。

星云大师说："若人识得因缘法，秋霜冬雪皆是春。"人生之道，绝非名利跑道。

增益

手指不小心碰了一下，也会不舒适。身体需动静相宜、血液奔腾，这只是伸展自如的必备条件。

即便如此，多少人也不具有此"必备"。是光阴磨损了身体吗？身体在运行之中渐渐消耗、折损，好比一辆车，讲究如何驾驶、养护，此外，还受其他不确定因素影响。

一切都好，无疾无染。健康之体，能探求得更多吗？除身体外，生命如何运行呢？

白天和黑夜，自然地更替，天空换的是天色，而非寻常衣。买再多的衣饰，只是寻常物，买，仅限于那一刻的念想，过之即失。

运动，让人焕发神采。精神，是生命的显现。运而化之，生长更新，超越生命。一人一物，可否不消耗，只增进益？当然不能，非枉自消耗，消耗之时更有进益，为善。

明朗清澈

古人云：世间本无事，庸人自扰之。

庙寺，多建于山清水秀、略为偏远的地带。太平盛年，香火繁荣，清净之地，人流不息，初一十五，节假之日，比最为繁华的商业中心还火热。

菩萨灵验，千手千眼，拯救众生。菩萨低眉，其实，她不愿看见。

世相种种利弊，有些得到不一定是"福"，某种缺失，说不定就玄之又玄，演绎为奇妙之门。

趋利避害乃人的本能，平安是福，健康是福，成功是福，财富是福，总之凡"荣耀"皆福。

菩萨灵验，但处江湖之远，红尘人间，福祸纷争，所伏所倚，哪在她的责任范围内？

天地辽阔，因果关联，唯人自召。菩萨灵验，普度众生，唯自度方可度人。

因果之论，世代相传，福果好报，不离方寸。福田之雨，从心而觅。明朗清澈，水月在手，花香满衣。

思维动物

乔布斯曾说："我愿用自己的所有财富，换取与苏格拉底的一个下午共处。"

苏格拉底，智慧的象征。乔布斯，财富的创造者，拥有了富可敌国的财富后，还想拥有最高的智慧。

什么东西、状态、情形，决定了我们的大脑呢？一是基因，二是过往的所有集合，如成长环境、自我过滤、意识形态，还有文化的吸收与提炼，提炼中发展的超意识。

思维的能量，可谓小，也可谓大。思维都来自大脑，大脑的构造也相同，可是不同的人，区别却很大。思维因何而贵，因何而神圣？自知可谓明。生活苦吗？苦中亦有乐。但不用否认，人间种种喜乐，一定含有不同的运气、因果。

今日社会，物质过剩，物欲让人拥有而不觉有。有和无可相互转化，无中可生有，有可化为无，一切经验，匹配的是时境中的思维。有无能互相转化，是因不同的人、不同时间处所，会有另眼待之。思维虚无缥缈，没有形体，它来自人的神经元链，是一种另类的存在。无以类比，自知即好。

水中珠

《庄子·天地》曰"藏金于山，藏珠于渊"，即"藏金在高山里，藏珠在深水中"。喜欢上了珠光，收了三颗巴洛克，一颗比一颗美，第三颗是炫光浅灰，有绸缎般的光泽。

世界上最大的巴洛克，叫"老子之珠"，中国人都知道的名字，1943年在菲律宾巴拉旺海湾被发现。

"老子之珠"，因长相酷似我们中国的"老子"而得名。是的，得道的智者，中华老子。"老子之珠"也叫"巴拉旺珠""真主之珠"。

何为巴洛克？它是野生放养的珍珠，不受人为的干涉，每一颗野生的巴洛克，形状都不重样，造型独一无二，别致新奇，它正是水中酝酿的灵性之美。

独特的委婉，别样的妖娆，如慕如诉的润泽，是我喜欢的理由。

狂飙、搏命非励志

现实中，不干坏事、不损人利己、为他人增益的人，已然是一个好人了。

多数人，可能不好也不坏，自顾已不暇，哪有闲暇去管他人？还是自我增益为"好"。

"人善被人欺"，这话是对万古世相的感慨性总结。坏人欺负人，欺负的应该是比他懦弱的人。这个"懦弱"，常常被混淆，被误认为是善良。

懦弱，并非善良。善良，源于一种天性，再加修行的高贵，它不是步步躲闪、退让。

现实中，当受到束缚、制裁和无辜的损失，必须知道如何自我保护、自我处理，可以遭受些损失，但是不能失去行世为人的准则、宝贵的自由，这才是真实的存世的善良。

贪婪，贪得无厌，令人生厌。悍猛斗狠，玩命搏命，是自掘陷阱。励志，这般是励志？混沌不清，人类之文明，进阶了吗？

看见

视力，由什么决定？

我所在的街道周遭遍布各类牙科医院、诊所，其次为眼科医院、诊所。各种"重要"中，"看见"，最重要。

从前读到科学家的故事，说有人走着走着，就撞到电线杆上了。

自然，科学家睁着眼睛，却没有"看见"那根电线杆。真的，他肉眼见了，却好像没有看见。

为何，视力不好吗？还有眼镜呢！其实就是没看见的意思。

看见，看不见，视力，由什么决定？珠光流韵，好像长了眼睛，灰、蓝、紫……随光线而流光溢彩，海水里孕育的色泽，它们的色泽是海的色泽。

光的物理现象，反映在珠宝上，所得到的色泽和韵彩，具独特性，珠宝学家们亦无法用所谓的学术专业来描述珠宝的光泽，这样温润柔和独特的光泽，唯从辽阔的水中来。

光如何投射、折射、漫反射、影映入水中呢？因为水中的精灵吸收、酝酿，又绽放而出……

看见，何为看见？看见，眼睛看见了吗？

山山而川

山山而川，潺潺如镜，人生海海，脱体而出，前尘今时，一念一生。

千年前的圣人，以一股无形的穿越时空的力道，成就了一种经典意念，念念回响，绵绵延延，长廊望远，天地恒长，娓娓而至，春风轻拂。

忧郁来至，凝思问虑，春花秋月，拟形于心。今来古往，循环往复，有形无形，层层叠嶂，无以尘染，径路盘桓。

悟空时间

"美猴王享乐天真，何期有三五百载。"

"美猴王"孙悟空，被压五指山下 500 年，直到唐僧救他出来。

美猴王不是"人"，自是与普通人不一样。首先是无父无母，他是从石头里蹦出来的，在他拜师学艺前，已有三五百岁的生涯。然而，如此漫长的生途，却没有人教他做"人"的道理。

谓三五百载，凡人看来想必很是漫长，然，美猴王却并没有被"无情的岁月"侵蚀、腐化。

因为《西游记》的作者，创造出的是一位"天地精华所生"、具非凡神力和长生之体的孙悟空。

之后他被压在五指山下，五百年间不断反思、沉思，却未知所来，未知所去……

时间，在美猴王眼里是什么？他是想着通过学艺，拥有超级本领，想着如何通过强大自身，在时间里永生。

超越时间，何其难，难于上青天！时间里循环着春夏与秋冬，"一寸光阴一寸金，寸金难买寸光阴"。

超越时间，即是对生命的珍视，与时间同在，生生不已，新新不停……

超越时间，已然为一种生命的"不灭的精神"。人们必想尽一切方法爱慕时间，于时光之途中浸染美，让变幻的光阴见证自身。

一部《西游记》，让浪漫主义达至巅峰。"美猴王"孙悟空，他确确实实做到了：在时间中永生。

孙悟空做到了，其实是一个人的愿望实现了，这个由"人"幻化出来的形象，真的超越了时间，他跨越千山万水，经雨雪历风霜，实现了"永生"。

正如书中开篇所言："灵根育孕源流出，心性修持大道生。"大道生，造化之道，敏而好学，立志长远，安身立命。能够超越时间的，唯此"不灭的精神"，生生而不息。

自由意志

昨夜，灯光、夜色、街道，人流川流不息，我一袭白衣加口罩，正在路上走着，突闻身后有人追上来，略一侧头，听他说：可以加你微信吗？

我继续向前行走，背后无声，那人没有继续相随。那一瞬似风过耳，如影轻唤。那人的气息青春年少，青涩的喘息飘散在风中。

自由若是一种本能行为的话，自由有什么难，人人皆有。自然，即是按照大自然赋予人的天性和本能而行事，自由呢，是一种特有的权利，谓曰自由意志。

自由意志，必须战胜自然属性的驱使，虽然很难。难，因为我们不懂得不知晓的太多。

神、佛、上帝被创造出，演绎成学说，留下很多经书，主宰了世人的头脑，让我们信奉，成了束缚。束缚，无处不在，自由，乃禁锢中的意志。

《庄子·人世间》中说："知其不可奈何而安之若命，德之至也。"自由，不是想做什么就做什么，而是不想做什么，就不做什么，自我自然欲望的满足非真正的自由，本能，自然界动物皆有。

珍贵色泽

购物时，但凡头脑正常且兼具审美能力的人，都会选择品质、品相好的。人皆不傻，虽说眼光不同、感知有异，但基础层面还是有共识的。更新换代太快，囤积是没有价值的，除非奇货可居。

今时今日量产量销，各类直播都在呱呱叫，如果消费者不具备识别的能力，昏昏然皆以为然，就会被购物欲控制。

不识货时，货可比货。卖家说："买回去看看，七天无理由退换。"可见都知晓品质的重要性，喜欢不喜欢的权利握于消费者自己手中。商品，价格永远以其价值为支撑，商品品质、品相好，商家自不怕你多比几家。

"无动于衷，错过了就要吃大亏。"哈哈，有人就是这么说的哦。

正如《史记·货殖列传》所言："渊深而鱼生之，山深而兽往之……"光耀而可悦己。喜欢上珠光，前一阵，看了卖珍珠的她每晚束发出镜，介绍说大海里孕育出的梦幻银蓝色珍珠级别最高，它孕育在纯净的海域里，一蚌一珠，于不同光影、角度，会生动地呈现出诱人、感人的伴彩光晕。

这样的海的银蓝色项链，我已有两条，放在书台上，赏心悦目。

海水里打捞上来的珍珠，色泽沉静而夺目，质感高雅。好物，拥有让我们想象不出的珍贵色泽。既然存在，存在就是道理。

规矩

一则新闻报道，一位 70 岁的老人独自离乡在工地打工，在阳光下哭诉："……他们（儿女）不要人。"这好似社会一个较普遍的现象，如果这种现象更普及，人类也即没有人了。不要人，何来人？

人甭管好赖，首先要是个人。

《孟子·梁惠王上》曰："挟太山以超北海，语人曰'我不能'，是诚不能也。为长者折枝，语人曰'我不能'，是不为也，非不能也。"芸芸众生，路途艰辛，世界上永远存在弱强之态，然而真正的强应以弱的"基本保障性"作为边界。此基本保障性，于当今社会并非物的层面，尽管物也来自它。

真正的强，应懂得世间无形、有形的规矩。发展中的现代化社会，即是教化形成规矩、规范的影响之场。强者，即社会之力。

我思故我在

思想，从何而来？

"每一天，我都把自己关在如暖炉般的营帐里，在这个暖炉中，我可以运用空暇时间，尽情任思绪天马行空地遨游。"勒内·笛卡尔说。

"暖炉"中孕育着思想。三个神奇的梦境，让他建立了思维模式，改变了他的人生。后世学者，包括弗洛伊德，曾根据发现的羊皮纸分析、解读了他著名的"河畔的三个梦"。

他有一句座右铭："隐居得越深，生活得越好。"他本人遵照这一准则行事。因为如此，他很多的作为无从考证，成为永久之谜。

他，一位法学博士，一会儿研究数学，一会儿想去当兵，变化无常。他的朋友调侃他说："那你就去当兵吧，用你的数学，扬名军界。"说者无意，他却使之成真。

他的数学成果，开辟了数学中解析几何的新天地，而解析几何的诞生则被称为数学史上的伟大转折。

据说，他天生体质虚弱，家人没有强迫他学习，让他顺其自然地成长，这种自然之法引发了他对科学和哲学的兴趣。他从小就不断地问问题，他父亲称他为"小哲学家"。

或许即使天才，世间也不缺乏，缺少的是身处的环境，教育的方式，自由自在的思维，思维的碰撞、启发。关键在于，自由的思维在不断变化、升华……

他在关于"灵魂不灭"的论题中说："心灵的根本属性是思维，其中'灵魂'是整体性的，不可切分的。"

他的核心命题，就是那一句著名的"我思故我在"。

天空的云

天空的云，是否飘得不对？幸好人的手没有那么长，否则以人的蒙昧审美，生生要去把云改造改造，使之更完美。

来往的人群，思想去向不明，一些本是庸俗、狭隘、滑稽、痛苦、恐怖的东西，如果众人皆趋之，则更多的人会以为是正确的。

天籁，地籁，无音之声，看之不着，肆意妄为，何为之有。一念一生，不断新生，潇然出尘，脱体而生，规律规则，天生天意。

天空的云，多么完美，优美，壮丽，变幻，高邈。云的仪态姿容，让人眷恋。

昨日傍晚，仰见天空的云，如花团锦簇，舒我心雨。清风悠拂，云则呼应环绕，回环不已。天旋日月，眇眇忽忽，皎然清澈，风华正茂。

瞳之境

有人隐形眼镜戴了好些年，最后听人劝说，做了激光近视手术。

近视，是瞳孔上的视网膜不能形成清晰的像素，看东西不清晰，而是模糊，专业说法为"外界的平行光进入眼内，其焦点正好落在视网膜上，则形成清晰的像，此称为正视；若焦点无法落在视网膜上，则称为非正视，也就是屈光不正"。

由此可见，眼睛聚焦的功能，很重要。

是因为眺望高天，视力才如此好的吗？寻奇出后径，览胜倚前檐，有形天边物，无形物中瞳。

无形为自然之"气"，自然与人息息相关，风脉、神脉，脉脉通连。江河流经，风雨欲来，山花烂漫，自然喜悦。

但凡活物，皆有象征，我们中医的经络，是对人的一种无形认知。无形之含义，亦是中华文明的精髓。

先圣说："有之以为利，无之以为用。"有之，可得见；而无之，也可发挥作用。

无形资产，是人创造的，此象虽为无形，但大大有利，有声有色。

从小检测视力 1.5，此为最佳，瞳中之境非损耗之视近，现在越来越清晰。天色云影，远山如黛水苍茫，一缕风声系眉间，遥遥映象瞳之境。

永恒的绿洲

郑板桥喜欢竹："咬定青山不放松……任尔东西南北风。"他将竹的形象画得栩栩如生，被人传诵几百年。

竹，比人更能认清自己，因为它让慧眼来识别"自身"。常被诗咏、入画的"四君子"——梅、兰、竹、菊，各有性格。

梅于雪中温润如玉，谓之高洁；兰，兰心蕙性，清新而美；竹，挺拔而立，潇潇洒脱；菊，盛开于晚秋，冷香冽冽。

自然而生，本色之性，生命的"境界"由己生成。人，赋予它们各种象征、隐喻的意义，君子之名，实乃自然之人在自然之中寻找到的生命意义。

生命有无意义，自然会告知于你，就看你有无同等同质的兰心蕙性去认知。

人的信仰，由何而来？我以为信仰就是对世界、对自然之物性的一种认知，它是存之于心的永恒的绿洲。

此心安处

"万里归来颜愈少。微笑，笑时犹带岭梅香。试问岭南应不好，却道：此心安处是吾乡。"苏轼的《定风波·南海归赠王定国侍人寓娘》留下了千古名句。

"此心安处是吾乡"，再次听到这句话，是在一部电影里。那位有双少女般纯粹清澈眼神的老太太和男主立于屈子故乡的江边，如是说。

整部电影想表达的精神，借助江上的绝色风光，借助男主与她的对话中脱口而出的这句话道了出来。此句犹似浩渺江水，于汹涌澎湃、波涛回旋之中，气蒸云梦泽，波撼"秭归魂"。

秭归秭归，片中的爷爷，少年离故土，大半生为华裔，最后魂归故土山河。而她，永远的少女奶奶，一辈子都在他的呵护下，最后送他归故里。

于她的一生而言，远离秭归，只会写自己的名字，这犹如点睛之笔、慧眼与灵犀，成为某种深刻的象征。"此心安处是吾乡"，不论在何方。

时宜

何为时宜？顺应大多数人的意愿，亟待得到别人的认同，皆为合时宜。

不觉不晓，须臾间，年轮变化，此时之宜，最得我心。

生而为"活"，踏道而行，皆为路程，莫问前途，自有前程。目有繁星，沐光而行，静揽灵逸，抵达无止之境，是升华，是穿越。顷刻时光，空灵隽永，山止川行，风云雨幕，渐入佳境，顺颂时宜。

雕刻

我相信人的大脑雕刻着印象，此印象于不同时空显影而来。

身体的细胞活性与人的形体共命运。某一时刻，细胞活性的神奇运行，就会标记那一瞬的印象之景。

人体所有承载血液的血管，都会把它们中间的最具活性的血液导向心脏，我常常听到血流的"声音"，仿若江河之涌动，由此体会到心脏的健康、心情的畅悦。

科普文献说人体血管加起来约9.6万千米长，可以绕地球两圈半，而我们的长江、黄河加起来总长度是1.18多万千米。如此比较，微不足道的却是有形世界之大。然而，此有形世界孕化出无限景致，同时承载无形之声色。

无形化有形，有形归无形，有形无形相生，我们可否身心安康、安宁？

体内的生命之河不断循环，每一滴"河水"都跳动着生命之力。

光影流转，印象中的景致，映入人心。长天远眺，目光所及，光雕之影，互之映象。

求索

有没有一个放之四海而皆准的法则？

身心健康，需要良好的行为能力和自我的道德修养。无序、错乱的生存状态，萎靡的精神，足以摧毁强健的躯干。要想健康的状态成为常态，唯有使智识与智能有足够的增长。

上善若水，此善，即"道""道德"，此善非简单的善良，而是"法则"。

所谓四海，意为东西南北，海之境域，地之疆界。种瓜得瓜，种豆得豆，前因后果，祸兮福倚。

四海之内，春暖花开，但各式各样骇人听闻的事却连三接二。

没看过路遥的小说《人生》，那样的"人生"太局促，太悲怆。在平凡的世界中，在那一个时代，电视中高加林的命运放之四海似乎都相同。

人生之路，要不断求索，探寻幸福的意义。

人生之路

观看了一部剧，情节很好。他要了她的地址，请她代为收件。她有一间小铺子，生意小，但平时一直忙碌，手上总有着活儿。

他没收到信，于是办了退宿手续，要回去了。她接到邮递员送来的信件，急切地赶到了他住宿的地方，想将这封他盼望的录取信给他。她的样子真让人动容。他的企盼与失落，让观者同情，希望他如愿以偿。

这就是戏中的好情节。演员的良好演绎传递了魅力。人间值得，只能是因为这样的美好——相遇、相知、相惜。

美好的情景总是能打动人心，给人留下印象。原本只是泛泛地瞧瞧，有一眼没一眼的，但那氛围、那场景却吸引了我。两位演员选角准确，形象端端正正，朴素里有着高雅洁净的气质。

人生之路，从无到有，虽难免坎坷，一步步所遇，皆有引导。才华不负，未来有光，岁月温暖，美好人间值得向往。

非凡之境

社会在发展中变化，或在变革中发展，科技日新月异，稳定与发展为时代主题。在当代，人应如何培养自我精神？

物质生活非常丰盛了，"病人"却是越来越多，身体的、精神的。尤其后者，为一切祸乱之实。现今是"爆料"时代，隔天就上演换人不换病的"劣迹斑斑闻"。

3000 年前，希腊德尔菲神庙阿波罗神殿门前，有三句石刻铭文——"认识你自己""凡事勿过度""妄立誓则祸近"。

这三句话，被奉为"德尔菲神谕"。据说苏格拉底正是因为"认识你自己"，才把哲学思想探寻的目光拉回到人间，让哲学重新关注"人"的问题。

何为"认识你自己"？老子有云："知人者智，自知者明。"确实为智慧的顶峰，指向明晰。

自我生长，塑造自我，是人性发展中永恒的主题。如果搞不清楚主方向，而是插科打诨、自甘堕落，则人生就是一段失败的旅程。

生而为人，健康的体魄、智识、精神，缺一不可。如三者不健全，那么不光自己受害，还会波及他人，活着除了耗费资源，别无用处。

人生之路，气清景明，进入非凡之境，就能产生积极的意义。

挑战自我

运动赛事，瞬时输赢，赢者为冠，众人追捧。奥林匹克运动会的格言即"更快，更高，更强——更团结"。

运动赛事，上升到国家荣誉，比赛就是为国争光，是一种光荣的、责任重大的担当，要奋进拼搏。弘扬比赛精神，汇聚榜样力量，成就"精神引领"。体育的魅力与激情，就在于永不言弃的坚韧、奋发恒久的精神。

体育竞赛，其实是人类对"更快，更高，更强"的一次又一次的极限挑战。通过比赛规则，发掘身体能力的极限，并不断突破，更新纪录，对于人类认知自身潜力具有非同寻常的意义。

身体之无限潜力，来自天赋的体质和后天的训练。生理禀赋不足，自然无法承受高强度的运动。常见某些报道称，学校的学生体育课上跑步即晕倒，即为例。

除正规体育赛事之外，人人都在运动着，即便是在不知不觉的静止状态下。医学理论认为，一般情况下，心跳停止4分钟后，血液就不流动了，心脏不继续输送血液，脑部无法得到血液、氧气，人就会死亡。

可见，运动即生命。不必是专业运动员，专业运动生涯，都很短暂。运动，生命的源泉，喜悦、灵感、思想，无一不来自它。

运动，是一种觉悟；活跃，攀登的修为之境。天有所变，人有所应，自然发生的一切，是运动变化的根源，运动为潜在事物的显现。哲学家以整个世界为研究对象，说："运动是真正的世界灵魂的概念。"

使此"灵魂概念"停顿，这样最主要之运动，如果缺乏责任、道德、智慧，德不配位，必有灾殃。在"运动是真正的世界灵魂的概念"中，金钱也罢，职务也好，不为灵魂的高度，如果没有灵魂，往往是爬得越高，摔得越重。因"高处"空气稀薄，越至高处，淘汰率越高。

有"不服老"的企业家，在演讲中说要继续挑战自我，准备81岁第三次登上珠峰之顶。在登上珠峰之顶的人中，年纪最大的是80岁，所以他要81岁再登上珠峰的顶峰，挑战自我。

挑战自我，于他而言，不再是物理高度，而是心理高度。但愿未来，他精神矍铄，信心恒常。

超越

世界的美好，从哪里来？大自然的一切，与人。人，源于大自然，唯有人可以创造思想。

生活、科技、艺术、情感，世界的美好来自自然和人自身思想的结合。美好，源于自然，又高于自然，人的荣耀也在于此。

世界是为人设立的，普罗泰戈拉在《论真理》中说："人是万物的尺度，存在时万物存在，不存在时万物不存在。"此也与"心外无物"同理，自然中有形无形之事物没有被心灵知觉，就处于不存在之状态。如王阳明讨论岩中花树时说的，花树未被你看见，此花与你之心灵同归于寂；若被你看见，它便存在你之心灵。

思想灵光的捕捉，虽往往产生于瞬间，却长久于善思的心灵，浑然一体于独特的人格里。

人活于世界中，不同于戏剧里受角色限制的演员，演得再好，也是角色"生命"。但人也要借角色生命来使自己成长，发展自身，方为美好超越。

此角色生命，包含了"但愿人长久，千里共婵娟"的意义。

有自己才有这个世界，拥有美好的生命，比拥有世界更重要。

觉醒自知

最初先行的人，生命力强盛，原始古拙，简单，一生饱满。当"人生"成为问题之时，学说开始了，要思考，明辨人生。

我们需要那么多的悲伤吗，如果人生的底色已定的话？是的，10 岁以上、具备学识的人已知晓既定规则。

关于世界、人生等根本问题，如何审视，如何看待，如何理解，关系到此时每个人的生之状态。

时代不同了，世界、人生如何发展，成为人们关注的焦点。"向前看"统一成"向钱看"。向前宽阔，自然包括富有。富有之含义，概括种种，不只有财富。

莎士比亚也说："金钱是个好兵士，有了它就可以使人勇气百倍。"赚钱，亦要思考如何提升自我的价值。当我们不知时，没有知识，知识不够，总之就是无知，无知没有错，因为还可以通过学习求索而知。

两千多年前的智者苏格拉底说："我唯一所知道的，就是自己的无知"。可见"无知"绝非愚蠢。

千年今朝，无奈今天又是人人"知道"的时代，其他各地各点，甚至别家发生了点什么，人们都能"知道"，且总结了"理"："在这个世界上，不是付出努力，就能变得富有。"

真的如此吗？当然不是。你没有从无知到有知，没有自己认真寻觅，如何就相信这样愚蠢无知的言语？

古往今来，真正富有的人，活得通达明白，沉浮自如，善于"自我投资"，为人处世，极其稳重靠谱。由此可见，对待事物的态度往往决定着成败。性情与性格、积极的态度照耀着我们，永远不要让沮丧替代我们生活。

生活，最好觉醒自知，而非要被嗡嗡吵醒。

一方而已

生而有畏，行有所止。至今才懂得，世界之大，不在于没去过的地方太多。大，是一方而已；小，亦可为一方。对大小的认知、判断，或源于无知。

立于生命的湖岸，是的，幼时记忆里门前就有一汪湖水，或者只是一个小池塘吧，在幼小的眼里却很大很大。没有故事，没有语言，没有序曲。

山海颜色，如初光阴，尘嚣未染，雨藏云天。

生而有畏，才知滋味。并非每一汪湖水，都梦想成为海洋。

自我教育

快乐与快乐不同，快乐有"非常"之质。

运动，更高，更快，更强。快乐，因"运动"而来，快乐，是性质，因此质性可"非常"。

"非常"，意味着可上升为某种美妙。人，万物之灵，亦有非常之质，推而广之，有灵生命，于道途之中，会予喻示。

人是需要自我教育的，一切的教育，最终目的是达到自我教育。如此之瞬间，似有"运动元气"，轻敲键盘，运而划之，即属自我教育。修养至此，亦为生命意蕴。

认识自己至相信自己，天意赋予，再升华，为自我创建寻幽览胜的空中之域。

拥有美好、美妙的体验，也讲天赋，体验极致的快乐，要有天然的灵明。

至诚如神

惯性，是物理现象。于人的心理而言，形成惯性，也是普遍现象。

比如长期进行专业训练的运动员，训练留下的"肌肉记忆"，在赛事中仍然能够保持，最终使他们获得殊荣。即使多年后，这种特殊的"肌肉记忆"也会像细胞核编了码一样，持久地留存在身体里。

再如所谓故乡念想，念想景象，也属于原始的记忆、情怀。

越为顶尖运动员，惯性之细胞越优异。于生命的进程中言说惯性，专项运动只为其中一项，而生命涵盖一切，可见不可见之万物中蕴含着极其广泛的意义、奥秘。

此心安处是吾乡，即为此生命迹象之上的升华。此心为意识、精神、灵知，并非专指心脏、头脑。这样具体的生命体征，也不仅仅是身体，它存在我们对事物的认知、感受、觉悟中。

于万物间行走的正是此心，除非永不离开"故原"之地。今日时代不离"故原"亦能行万里，行走世界，除了身体去行，心和信息也可以。

时代发展，不断变迁。初始之心，受先天因素影响；后天意志，受能量加持，致良知，可增益。

《中庸》有"君子诚之为贵""至诚如神"之语。心灵，是灵魂的初始形态。心灵之道，非常之道。心灵极致，诚如道家始祖老子所言："无名，天地之始，有名，万物之母。故常无欲，以观其妙，常有欲，以观其徼。"

奇妙生美妙，无中生有趣，明心见觉性。

风清气正

小时候在学校的露天电影院里看过一部戏，真人台上演的，主演是当地一位知名的戏曲演员。

印象中，看完演出，随人流散场，我大概是没走得那么早和快，一辆大巴车从身边行驶而过，车里是刚才在台上演出的演员，主演也在其中。他在台上唱了著名唱段：

"当官不为民做主，不如回家卖红薯。

"原以为，此番升官我能做个管官的官，又谁知我这大官头上还压着官，侯爷王爷他们官告官，偏要我这小官审大官，他们本是管官的官，我这被管的官儿，怎能管那管官的官，官管官、官被管、官官管管，管管官官！叫我怎做官？我成了夹在石头缝里一瘪官。"

这部戏当时应该名满全国吧。演员在台上是丑角扮相，但他本人其实非常端正。

为官价值如何体现，这是不论哪朝哪代的官员们都应该思考的问题。

苏格拉底说："未经审视的人生不值得一过。"思考，正是产生差距的地方。未经思考的官员，不懂得所谓"官味"之提炼、升华。在一方为官，首先要明确思想之度，决定则行动，行动则格物，而后知致。

诚如多年前丑角扮相的主演唱的："当官不为民做主，不如回家卖红薯。"

此"民"，移至现代，民意为意见能够得到合理表达并有公平正义观的体现，社会环境中的公平与正义即是对"风清气正"的切实维护。

水云乡

谷雨，是一场怎样的雨。昨日风卷雨洗云蔽日，今朝明洁清润闻鸟啼。

天气气象，谓天空中气流的状态。风，即因空气运动而产生。雨，空中有朵雨做的云，谷雨物候，万物有时，雨生百谷。

当年苏轼初到黄州，说到黄州"僻陋多雨，气象昏昏也"，后来他观察发现这些气象中有着独特美好的景象，因此，黄州成为他豁达心胸中的"水云乡"。

他说："江山风月，本无常主，闲者便是主人。"他的政治生涯波折不断，一生漂泊，"水云乡"不止黄州，广东惠州、海南儋州，他所到的每一片天空之下，皆是他的"水云乡"。

风、霜、雨、雪、露、虹、闪电等为一种天然现象，东坡先生正是天地间屹然而立的另一种气象，风浪起，一阵浩然之气生发。如他自己所说：

"其必有不依形而立，不恃力而行，不待生而存，不随死而亡者矣。故在天为星辰，在地为河岳，幽则为鬼神，而明则复为人。"

浩然之气，气象蒸腾，高阔云天，演绎千年。

修炼与觉悟

从前的电影里，现在的电游里，灵兽修行千年才有能量幻化成人形，如《白蛇传》里的白蛇，就修炼了千年才幻化成白娘子，名叫白素贞。

化身与化身、道行与道行存在差异，兽之灵、仙亦分小与大。

如何修炼有成，如何成为人，如何成为更高阶的人，是它们需要琢磨并为之付出相当努力的修炼。

总而言之，一定是非常不简单的事，就是要有非常之法力、非常之修为，才可达成幻化所愿。

可见，在它们心目中，人是了不起的存在，即使它们的法力已经胜过很多普通人。

灵兽为何想修人形呢，它们已然法术高超？

中国道家典籍有言：

"太初时虽有日月，未有人民。渐始初生，上取天精，下取地精，中间和合以成一神，名曰人也。天地既空，三分始有，生生之类，无形之象，各受一气而生。或有朴气而生者，山石是也；动气而生者，飞走是也；精气而生者，人是也。万物之中，人最为贵。"

此文意为人是天地精华演化，其他的不是。

人正是天生通达之体，最适合学习、修行，最容易体悟、觉悟。

生生而来，如何就"愚昧堕落了"？生命里，有多少浑浑噩噩，又有多少清醒觉悟？

为何而来？因为这世界富饶，物质堆积，人们为此狂奔，赶赴这一场物质盛宴。

新闻说有官员落马、坠楼，倾情一世，只为表演一场拙劣的兽行。

人受意识主导，意识如何觉醒、运行？无非要提高认识、增强意念，具备高维精神运动的修为，知心存敬畏，方能有所为。

规律

一切科学的核心，是探索事物与事物之间的因果关系。

人文科学所述之道理千千万，但生命的真谛只存于本体。心性优良、操行美好，必会结出相应之果。幸与非，乐与忧，物有甘苦，尝之者识。

快乐是一种心灵、性灵，来自明朗、清澈、健康、自由的心理和身体状态。认知的能量，永远因人而异。

事物的发展遵循的规律，趋向因果互联，若说人性正向的发展，应当散发着从人性延展到神性的光芒。

心体运动

文字工作，可将其视为一种心体运动。

增强心脏的起搏和血液的奔涌，可促进心房氧化功能，缔造新的生命景象……

想必除了健康的体质外，非凡的心体运动，或亦为精神的成长，物我相生益自珍，花木成畦手自栽，天不言自高远，水不言自流韵，花不言自绽放。

恰如山间缆车之行，来去倏忽如飞，心体的调节变幻，万物宇宙也如可掌之"像"。人有雅量，忧烦苦恼都不纳不入心中，则可皎洁朗朗、清明自然。

天空之心

一朵轻云刚出岫，轻云轻柔，似娇好女子，袅娜娉婷……

真如《红楼梦》云："闲静时如姣花照水，行动处似弱柳扶风。"

昨夜睡前观天空景象，楚楚秀丽……

天空，不断地让我发现，给我惊奇、喜悦、启示。

天空，如一天然景象之投影仪，直观地显现某种景象，温柔地抚触人心。

天空，天空之心，唯我心爱。

这样的空中之灵影，美妙绝妙，妙不可言，显像而来，造化赋形。

只因为天所为之，即为吾心法。

天空，天空之心，晶莹剔透，大美不言，天空现象，即生命景象。

酒徒

为何寄予厚望？为何失望彻底？

曹操，曹孟德，东汉著名的军事家、政治家、文学家。

作为父亲，曹操原本对曹植寄予厚望，封他为南中郎将、征虏将军。问题是曹植，临行前一天喝得烂醉如泥，让曹操对他彻底失望。

曹丕当上魏王后，大开杀戒，将曹植的羽翼全部铲除，曹植小心翼翼，不敢再犯一点点过错。

曹植写过一篇《自戒令》，说："机（监视曹植的人）等吹毛求疵，千端万绪，然终无可言者。"

酒能祸人，酒亦能成事，它是"神奇"之水，雅俗之人都能饮之。

酒可以增快乐，除烦绪，助兴或消愁，为此诗仙李白说："人生得意须尽欢，莫使金樽空对月。"

饮酒饮出一份人生的豁达与豪迈，也唯他一人也。

肉眼凡胎者，每日饮酒忙，酒桌上充斥着"英熊汉"。我也曾亲眼见到文质彬彬的一个"总"，贪杯而倒，不省人事，躺地如赖皮。

武松沽饮十八碗，打虎威震景阳冈。想学武松，要问上一问，相貌是否英武，身躯是否强壮，眼中能否射寒星。行者武松，骨健筋强，拥万夫难敌之威风，岂是寻常酒徒尔！

弹指辉煌

黄庭坚有诗曰："毕竟几人真得鹿，不知终日梦为鱼。"

生活着，由心意去活，活出愉悦、美好、舒畅，就为好的生活。生活的定义，不在他处。生活，包含物质和精神，在基本物质基础保障之上，精神是生活之灵。

世间的富贵荣华，往往让人魂牵梦绕，想象自己能拥有，成败、得失，耿耿于怀……

过去艰辛年代说：生下来，活下去。但是人，首先是感性动物，以感觉为主，生活受周遭环境的无影之手把控。

生存环境，保障权利；功名利禄，弹指辉煌。

人会羡慕贪官过得好吗？

心术不正，必然提心吊胆，风吹草动，即胆战心惊，惶惶然不可终日。偏偏，他们在大庭广众下，还要表现得若无其事，一丝不苟，实际上神经脆弱，不堪一击。

当然其中不乏"心安理得"之辈，无所畏惧。无所畏惧，便会肆意嚣张、为所欲为、毫无忌惮，他们已不属于人，是祸害人的魔鬼。

生命的美好，一定来自懂得何为美好的人。规矩、道德、责任、修为，为安身立命之本。

被称为中国最后一位大儒的梁漱溟先生在《这个世界会好吗》中论述："人类面临有三大问题，顺序错不得。先要解决人和物之间的问题，接下来要解决人和人之间的问题，最后一定要解决人和自己内心之间的问题。"

如此说来，如此正确。倾其所有，最后的问题，唯有自己。

东坡先生亦有词言："蜗角虚名，蝇头微利，算来著甚干忙。事皆前定，谁弱又谁强。"

谁弱又谁强。旷古世代，自然没有几人强于东坡先生。人生之境界，永远在于觉悟。

至理不虚

缥缈，为虚质，却有着自由的灵窍。

天空的云，由水汽凝聚而成，与气相融，显得柔弱、飘扬、缥缈，悠游自在。

高空之上，水汽遇冷化雨，有时似雾，冬天就成雪。专气致柔，是谓玄德，正是如此之意吧。

万物的生长、养育、繁殖，可曾避离天空？

永恒之变化，在永恒不变的轨迹中。

古人更接近真人，古之圣人的话语，为世间真理不虚。

读万卷书，行万里路，都要抬头看看天……

天空之心，云彩之雨，缭绕纷飞，欲语天空。

惟吾德馨

所谓理性，其实是一种知觉感性。拥有别样质感的人，才具有思考别致生命的能力。

简洁的形态往往产生可恒久存在的"质"，无限延展力来自生命的性质。

风景这边独好，诗豪刘禹锡说："山不在高，有仙则名。水不在深，有龙则灵。"

感性的触感越灵敏，越可反观客观世界，提纯自我的世界观。

喧嚣世界，也精彩绝伦，一方天地，"惟吾德馨"。苍穹广阔，水天一色，脉脉斜晖，千里万里。

E = mc²

爱因斯坦的质能关系式是 E=mc²，能量等于质量乘以光速的平方。

物质运动，形成能量。能量大小，取决于运动频率高低，思想、意识、精神属无形能量，一切生命物质、物体属有形能量。

如果能量守恒的话，空性之中能量的吸取，则是一种层层递增的修炼进程。好比我们吃的食物，是身体能量的来源。

有一问题有些不同，我生来不食很多东西，至今仍不以吃为满足，之前开西餐厅，也只点香煎鳕鱼类水中物，走兽类，除了猪肉，其他一概不食。小动物，我一概不敢靠近，更别说触碰。

吸入能量少，心力不足，不知是否有关联。现在觉着或许是种隐喻，能量亦可存在一界域，原本就有，并且一直在，只是机缘不到，不会启动。

能量产生于自身，自身细胞分子运动才可形成能量。从食物中获取的养分仅仅作维持生命用。

觉知、悟性、高维能量一定来自更高的空间。

某种现象的变化，或许就存在能量的基因密码中。想想，我从前那么文弱，不是也没受过欺负吗？

气质或许是一种无形的、不可忽略的重要能量吧。

如果将时空看成一个循环体系，能量则是其中的运动分子，体系中的能量，我想正是形成气质的本源。

清冷

清冷，这种冷会是怎样的冷，好长时间不明白。微寒之意，应该是有，好像身处秋天微微凉风里的寂静山林中的湖边，澄澄清冷，疏离人间，旁若无人。

多年前听人说拒人千里之外，确实不清楚是啥意思。

韩愈说："静夜有清光，闲堂仍独息。念身幸无恨，志气方自得。乐哉何所忧，所忧非我力。"

景虽不同，但异曲同工，意味相近，大家所言也是清冷之感。

天意这般，气象这般，后知后觉，难矣！大文学家就是大文学家，凝练精华，深远博大，法则精确，气盛言宜，非吾辈愚钝之人所能及，我辈需要时间领悟，需要空间游览，方有所得。

原谅

木心说："不知原谅什么，诚觉世事尽可原谅。"

天空真是解人意，一切都好极了，一切都美极了。

那样一片梦境般温柔的蓝，微微风卷，轻柔婉转，使白云悸动，沁人心脾，这么美，这么好，唯愿长相看。

世事可原谅，不知如何谅。如此的人，心怀自然非"世事"，在长空中漫游，美妙而静宁……

神话，传奇，不在别处，天空可创造出一切。

雨，从云中挣脱而出，袅袅婷婷，丝丝缕缕，挥挥洒洒，洗净尘埃，明眸净怀。此时有声无语处，悠悠行吟，拂去纷杂。

目中无人时，目倾天空心，世事非事件，世事可原谅。

似水华年，似水云烟，恰若初见，恰若雨舒。

突发事件

清晨，楼道一股烟味，消防车也来了，原来是楼下失火，玩具车充电引发的。

看到微信群里发的视频，原有的装修奢华的房屋变为一片硝烟灰烬，烟火燃烧的焦味遍布整栋大楼。

突发事件由不经意的瞬间而来，往往出乎意料。天灾人祸、社会冲突、事故灾难，于不经意处潜伏着危机。

世界之大，意外常有。

传说当年亚历山大大帝去拜访第欧根尼，问他想要什么恩赐。

他回答说："站到一边去，你挡住了阳光。"

今晨发生的失火问题，人皆安然无恙，只是现场的"豪华富丽"化为烟尘。难道真如他所言，"一切全都是破铜烂铁打上了假印戳罢了"？

气宇轩昂，骄傲一世的亚历山大大帝听到第欧根尼的回话，面对众人的哄笑，只是对着身边陪行的人平静地说："假如我不是亚历山大，我一定做第欧根尼。"

事件发生是否有其必然性？人生的道路，是偶然还是必然？是命运之神操控着人，还是人亦可握命运在手？

困惑人生，会发生大概率事件，也会发生小概率事件。

人乃万物之灵长，自然人的生命至上。今日楼下之火势蔓延无法控制，唯任其肆意，烧毁物质而保全生命。

每个个体对命运之抉择，都来自思维、意念。三尺之上有神灵，个体命运确有必然性，但大概率之外的小概率，则因人而异。

一生之用

无杂事，无杂思，即无悲。悲莫悲于晴散，聚晴才可凝神。

世间事物的对与错、好与坏、利与非，若以单方面来判定，自以为聪明，却往往为祸患之源。

跳出个人思维行吗？当然行。行，是因为人可以驾驭能量源。

形体之累和苦，即因能量被困、能量缺失，真理自然无法得行。

何种关键，会对人生造成整体影响？合时宜，非真正的"宜"，合了一时之宜，非为整体塑形，非为大道。

有些聪明，其实是自以为是，如不误己，就误别人，此聪明的合时宜，现在很常见。

错误的行为，会导致重大的伤害。小错不断，大错不犯。小错换来的教训与代价，就是为了避免大错的发生。

能量为一生之用，自然而然中，经过不断升华，人们就能获得真理。

AI

被誉为 AI（人工智能）教父的杰弗里·辛顿说："AI 可能变得比人类更聪明。"

他接受采访时说："AI 会替代很多现有的工作岗位，创造一个让人们不知道什么是真实的世界。并且，AI 的进步速度远远超过了包括他在内的很多专家的预期。"

芯片科技，电子产物，见微知萌，进退失据。

人是这个地球上具有高级意识的动物，毋庸置疑。人类从依靠生命的本能，经过一代一代的学习、思索、创造，发展了意识、知识、智慧。这相对于个体生命而言，是极其漫长的。

科学技术是人类文明的标志，技术的无限发展创新，如果产生反噬之力，将人取而代之，危及人类生存，那人类将何以自处，何以安置？

AI 是人类智慧的产物，可以高度模仿人的思想和行为，而且不用食饮、睡觉，有电即可。

停顿与知止，即是对人类自身的救赎。如果机器具备足以摧毁地球的能量，人类将失却存身之所，人类的智力游戏，恐是反噬其身的魔咒。

如喻人生为一场长跑，一直跑将下去也非为人的目的，跑是腿的功能，不能为了跑而断了腿。

生而为人，更高的价值是体悟生命，创造物质和精神财富，于行进发展中寻觅如何更好地生存。人类的璀璨智慧，产出无限意义，唯有寻找到意义，才是人生的价值。

人类代代繁衍，在一步步进化，社会越来越繁荣。

什么又是更好的文明呢？这是人类必须思考的问题。

生命的种种记忆，储存于时空中。身体各感官能发育，功能能进化，都因为接受了来自时空的能量。

生命经历亿万年发展而来，为无涯之象，不能被 AI 终结。

风雨

山雨欲来风满楼，卷动白纱飒英姿。

气象预报今日有雨，雨如约而至。在露台观看，雨水流淌，气韵荡漾，好似空中无影手，由西向东翩翩而来……

一念之间，千山已行万重水。

如果天空中不曾有雨，那么人间将多么乏味！不仅仅乏味，或者根本就不存在人间。

雨，是天赐恩露，滋养滋润；雨，是神奇之循流……

如果天空中不曾有雨，云彩何所存，月亮哪儿照，海棠花儿怎能自己开？还有人吗？哪里又会有美丽的姑娘、纯洁天真的小孩子？

昨天立夏，立夏后的第一场雨水，肆无忌惮地倾泻而下，恣意绽放，仿若絮絮语丝纷纷扬扬畅响天空，润物有声，让大地清朗洁净。

立夏后小满，雨水渐满江河，水阔鱼跃，长空鸟飞。目之所视，手之所舞，是风是雨……

祝福

情绪，于人而言，特别是于另类的人而言，已是存在这世间的一种恩典。

人生经历，当淡然相待。人生如戏，你方唱罢我登场，所谓名与利，如过眼云烟。

避开种种凡俗，你依然是你。

你是谁，谁是你，不再重要。你知道世间有你，存在是一种意义，如此就好。

承认世间的偶然，坦然接受自我，有益。情绪，或者就是一种祝福，一种恩典。

流水山谷，世外清风，天空之城，梦中仙境，繁花茂叶，这一切为你生命中的守护神。

意念，从哪里来？它就藏在你自带的情绪中。发觉、适当开启情绪，让它唯你是从，听命于你，你将会获益。情绪，也很宝贵。

生命是什么？生命就是此独一无二的情绪。生而拥有，存在就是瑰宝。

今天天气很好，蕙风绕花蕾，天青水潋滟，极目远眺，清和纯净，那一抹动人非神工仙匠不能求得。

交浅言深

澄澄之境，自然而现；浮浮之心，视若不存。

熟视无睹，是成人常态。你看未经熏染的稚童，会否对美好事物"熟视无睹"？

看见美丽的花朵，得到一个心爱之物，孩童一定会赋予自我想象之境。

交浅言深，非所谓世故成人行为，如果有人行为坦诚、直率，非同寻常，如登澄澄之境，那是可遇不可求的。

一叶障目，即不见泰山，况视野之内，本无他石。如何避尘烟障目，诸葛亮早有言："夫君子之行，静以修身，俭以养德。非淡泊无以明志，非宁静无以致远。夫学须静也，才须学也……"

木心说："即使到此为止，我与人类已是交浅言深。"

这样的人，越来越少无疑，这样的人，越来越珍贵无疑。

一池青莲

人在自然中，人与地域、气候、昼夜，如何合拍合宜？

个体主观能动意识，怎么产生？所谓天人合一，是拥有气清景明的体质，气血丰盈而流畅，能接收天地精粹。

周敦颐曰："天地间，至尊者道，至贵者德而已矣。"

如此说来，万事万物没多么复杂，简洁明了，人不欺人，天可垂怜。

天地自然生德，天人合一，即是将天地之生意内化于心。然此还是需要不断觉知、体悟，最终才能知晓简洁之道。

生生万物，人是一物，你在其中，安澜若静。

"予独爱莲之出淤泥而不染，濯清涟而不妖，中通外直，不蔓不枝，香远益清，亭亭净植，可远观而不可亵玩焉。"

唯爱一池青莲，待月而开，水生灵秀，自然静美，坦荡明澈，悠然锦绣，道生漪涟。

从未稍离

要好的事物，要品质生活。或许人人皆会如此说，如此想要。

在希望的田野上转了一圈，恍然若悟：原来，那个遥不可及，从未稍离。

有句说滥了的话："生活不只眼前的苟且，还有诗和远方。"

学舌效鸣，便潮涌远方，去所谓的远方，某年某月存照留影，其余无所获。若不能抵达景中之境，远方，也只是换了件外套的苟且。

景点日日迎客，游人熙熙攘攘，摩肩接踵，他们皆来自不同的远方，都是远道而来的。你到我所在的地方就是远方，我到你所在的地方也是远方。经济社会，国家要搞好旅游建设，人们到彼此所在地游览，带动消费。

世事繁复，万物有容，空明之心，以境观景，才能身临其境，美不胜收。

潮玩之偶

怀抱着星星，斜着脑袋而立，侧目而视的蓝眼睛漂亮娃娃，是去年参观一家南山科技园公司时，由公司创始人挑选出的。

一直让"她"立于我的惊艳的红书桌上，好看，耐看，很喜欢。

当时他去挑选的时间较长，送出的礼品合乎人意，可以让人长久喜欢，还真是种本事。否则，如何能创业成功，让潮玩娃娃占据南海之山？

任何事物，时间都会给予答案。没办法，有人真要长时间才懂一点儿，这是什么原因呢？

娃娃让人喜欢，可是好久后才忽然觉着，她跟我有点像。我虽然不会如此斜视。

娃娃可以无所顾忌，越精美越独特价越高。

同行的人和他是中山大学的校友，当时我问这个"校友"，这个娃娃何定价，他说价格不菲，超出想象。贵代表着人物造型、着装、表情、故事等都可成为经典。

哪怕是一个潮玩摆件，也能传递出不一样的觉悟。

每个潮玩之偶，都为特性的自身。独特属性，已然成为潮流玩偶的极致目标。玩偶要打造成人们眼中的艺术品，它们独特的美感才能被人喜欢、欣赏。它的可玩性反而排在其次，毕竟潮玩买家并非小孩。

再说，今天的人们，又有几个不想做小孩？艺术体现在玩具上，独特的玩具作品充满了思想。比如这个立在我眼前的，怀抱星星，睨视一切，清冷淡蓝的人偶。

夜色灵动

自古道"吉人自有天相"，佛家亦说"菩萨畏因，众生畏果"。

人间或有人欺人，但因果从不欺人。所谓吉人，生命会予以深厚的回声，如空谷回音，回旋袅袅。

曾经不知何为好，寻寻觅觅，原来即如是。生活需要安乐祥和。人们总在寻找最好的风景，也在寻找一双最好的眼睛。

如果拥有宝石一般璀璨的心灵，所有属于成长的，都将投射在自己身上，折射之光，向天空、向繁星绽放……

晚间于商业中心广场旁的书豪联盟球场看他打球，温文尔雅的俊逸少年，气质天生，身姿矫健，动作如迅雷，彰显着美好的生命状态。

没有无缘无故的获得，想要身手不凡，达到目标，唯有热爱，唯有付出汗水。打自己的球，让旁人观赏吧。

风景宜人，因为你在其中，湛蓝天空幕景之下，微风飘飘，轻轻掠过人影。

夜色，如此生动、灵动……

此起彼落

人存于世，能量何来？真的可以凭空而来吗？或者，生而带来，于某一时也可以凭空消失。

后一种真的可以成真，前一种少数可以成真。

这不是可以选择的问题。因为人生之始，没有选择，如果可以选而择之的话，人生不一定存在。

那可以成为别的什么"生"，如花、鸟、鱼、树，春、夏、秋、冬，江、湖、河、海……

阳光给万物德泽，万物均生光辉。比如，春光旖旎，绝色烟雨杨柳岸；初夏莲池，鱼跳莲叶青钱小；秋天景致，秋色连波寒烟翠；冬来寒梅，凌寒独开数枝梅。

时空里蕴含着能量。能量，有直观显现的，有隐而不现的。这就像物理、化学的区别，物理是讲一般的运动规律和基本结构的；化学则不同，它讲变化和释放能量。

自然界中存在一种特别的能量，在一定条件下，可直接或间接地被所需要的物体吸收，从而变成改变世界的能量。

此起彼落，能量的相对守恒原则，为一种真实之自然规律。

一缕幽香

无干扰，无牵制，外境不喜则不入。

思之不为虑，不为惓，思之成为思想，若有所思，泰然吸纳、接受万物赋予的惠泽。

星光月夜倚栏杆，清若如初未聚尘。喜欢水中荷，源于少年常行的那条小路。傍晚独自漫步，途中遇一池莲荷，映入瞳眸；翩翩少年，一如清溪，初相见，水荷灼灼姿皎艳，犹似惊鸿动漪澜。

沉浸沉吟，水中仙子，一缕幽香，清清而秀。

一如既往，不负之遇，一路相行，只若初见。

佘太君挂帅

疲乏柔弱之时，脑中出现佘太君的形象，佘太君挂帅，倾辉引暮色，于凛凛风中，萧萧"战"马鸣……

在漫长的社会进程里，女子本弱，无法摆脱传统礼教的束缚。佘太君这样文韬武略、义薄云天的女英雄，少之又少，佘太君的形象，散发着女性神圣的光辉。

杨家将的故事家喻户晓。从前，收音机里每天定时播放评书艺术家刘兰芳的评书《杨家将》，佘太君为其中重要核心人物，更是几代杨门女将的统帅。佘太君成为一个经典的艺术形象，因为传奇，千古流传着跟她有关的歇后语：佘太君挂帅——马到成功。

佘太君挂帅，马到成功，后还有"佘太君百岁挂帅——朝中无人了"。

朝中有人好办事，以前饭桌上听人眉飞色舞地说过。那么无人呢，疲乏柔弱之时，幸而还有寒风凛冽中的佘太君可想象，榜样具有力量，生命也可以是无边无际的存在。

自然无法拥有佘太君的非凡本领，百岁尚能挂帅出征，这样的人，不要说在过去，放眼今天男女平等的社会，也是绝对不可能发生的。

穿越时空，向佘太君学习借鉴一点儿气魄精神，即是对自我的启示、教育。

觉知

一瞬间划过一个念想，时空里没有鸟飞过，却留下一丝"印迹"，谓觉知吗？

它存在于时空之中，却如何飞入脑际，触而开启感觉？或许这是一个生命的频道。

动念、感受，包括历境，贮存于生命之中，却在何样之时间里，一点一点诞生、发展、演化、释放呢？

于是终于懂得了，修行或修炼，正是人生的意义。如何这样说？因为"觉知"，悠然自渡，品鉴独享，沉浸其中，身临其境。万物有灵，人属于拥有灵性的生物，应该拥有更高的境界。

好似庄子与惠子游于濠梁之上的对话，惠子问庄子："子非鱼，安知鱼之乐？"

庄子曰："子非我，安知我不知鱼之乐？"

生命之中，包裹着凝聚成结晶的意识体。此意识体，是灵魂存在的地方。

当我们对自己一无所知时，可感的唯有世界表象。于简单的生命体而言，基本没有觉察、洞见之力，因此常常错误地认知这个世界。

生活中，人可能大部分的时间处于无意识状态，即使是在与人对话之中，甚而不知道自己在说什么，因此无趣而乏味。

逃避痛苦，追求快乐是人之本能。快乐从哪儿来呢？快乐，正是一种感知力，很大程度上来自生命的愉悦能力，由内而生发，仿若袅袅之清溪悠扬流经，于宁静中盛开着澄澄喜悦。

快乐，实在是一种觉知带来的能量。

可以这么说吧，快乐，不仅是一个人会说有趣的话、做有趣的事，更是一个人怡然自得之精神持续、恒定的生命状态。

锦衣夜行

年方二八时，有否见到生命的欢乐？不知晓何为欢乐，却是好年华，我怎么也不相信呢？

青春就是年华，没错吧？那么此时正在年华里。如果说青春只是一段时期的话，可否以为，其实从来没存在过"青春"呢？

曾经迷惑、迷惘，优柔不安，何有锐气贯通血脉？古罗马哲学家塞涅卡说："智慧是唯一的自由。"

四季交替，无以安放的生命，何以洋溢，何以盎然？行自由之名，唯独缺失了智慧，何以感受拥有之美好？

阳光照耀，小满未满，道路迢遥，青春未艾。

所谓青春，如果没有智慧的引领，如黑暗中的明媚秀色，富贵不知故乡的锦衣夜行。

每一个人，不论是何人，本质都是柔弱的。少时就读到伟人看戏哭泣的故事……

单薄的生命体如此脆弱、孤独，为什么而活？锦衣夜行中的容华倚翠，我不知以为然，生命与自己的关系在哪里呢？

幸好，这个世界上存在着思想，幸好，这个世界上有思考的人类。我思故我在，认识你自己。

而后管理好自己，如此而已。为什么年方二八，未曾明白？晚了还不熟，那就不要熟吧。

纯粹，无所谓不好，可能就是需要长点的时间检验之。

时空升华

思想和想象借助媒介可以长久留存，稍纵即逝的是瞬时灵感，也可以转化为长久留存的思想。

时空中，科学家研究发现，可以有多个时空并存，时间重叠真实存在。现实中，我们可以想象在时空中遨游。

庄周梦为蝴蝶，栩栩然蝴蝶也。庄周是不是于梦境里，进入了多维的时空？

人之不凡，来自肉体孕育的灵魂，没有得此升华，人只是肉体的奴隶而已，为了一点儿生存物质的得失而喜怒。

自由与安逸，是由财产决定的吗？物质当然是基础，起决定作用的却非物质。然不可否定，今日社会，物质自由即所谓财富自由，为另一个更高维度自由的良好基础。自由的概念，为个体生命的意志创造。

每个人都脱离不了时代环境，也少不了物欲享受，物质财富很大程度上也是个人实现社会价值的体现。

然而，灵魂的生长只能以物质为桥梁。物质并不能与我们化为一体，比如漂亮的房子，你唯有住在里面，体验到它带来的舒适快乐之感，它才有价值，且能持续创造新的价值。

物质之产出非堆在自己眼前的目标，如有的富豪说自己对钱无感。的确，于他而言，钱不过是一些数字而已。

朝发夕至的交通工具，短时间就能跨越的旅途，人皆来去匆匆。见多识广，于今时来说，真不一定是旅行多的结果。因为智虑生于精神，精神生于安静，"安忍不动犹如大地，静虑深密犹如秘藏"。

不爱钱的富豪说，中国的下一个首富将出现在健康产业。如将财富建立在人民身心的疾苦上，那此种富，何等悲哀！

一个问题值得思考：每一个国人甚至外国人都知道屈原，但人们一定知道屈原生活的时代最有钱的人是谁吗？

《资治通鉴》说："贤而多财，则损其志；愚而多财，则益其过。"财富就让它在流通的路途吧，价值正是产生于流通之中的。

吾以观复

如果生命的困顿无止境的话，人类的进化就无法进行，科技的迅猛向前，也不能真正地推动发展，只能是比拼领先速度而已。

时空中的能量，赋予生命体宁静、欢喜、慈悲，源源不断地流入身心，身心仿佛瞬间就会得到无限的力量。

生而为人的乐趣来自生态环境，可以视为能量守恒定律的一种自我发挥或发展。

一本著作能流传几千年，正是因为它蕴含了时空中流转的能量。老子五千言的《道德经》说："致虚极，守静笃。万物并作，吾以观其复。"

意为要调整身心，达至宁静极致的状态。宁静，可以解读为"静"的扩充，是一种"无限浩瀚中的内涵幽远"，因此能产生一种纯净的磁场。仰望夜晚的天空，可以得此境界的体悟。

生命与万物一体，可自由流转，呼吸之间，在灵性的磁场中，无论强弱，能量都会选择投射……

中医里讲的经络正是能量的传递通道。经络不通，血气不化，百病丛生，安而何来？

老子告诉我们的，正是如何从这个"虚空"中获取能量。当然只是我们一般看不见而已，虚非虚，实际为最大之益。谁获取，谁受益。

征服

世界、事物，目光所及，呈现出的现象，即个体之生活世界。

清晨，没有睁开眼睛之前，我们所感受到的世界，即内部世界。眼睛内外的世界，组合起来，为全部的生命。

内外何大何小有何样区别，因不同的个体而异。

行途逢山水，见山只是山，见水只是水。如何之见？由外而内，行过巍然壁立，山海存目光。

探究内涵、奥秘，浮华三千梦，潮涨复潮落，邂逅中，览境而致远。

"欲穷千里目，更上一层楼。"美好而旖旎的风景，需要攀登，但无止境之探求，非要去攀爬那一座喜马拉雅。

体力不能到达的地方，目光可以；目光也不能到达的地方，那就精神飞渡吧。

子在川上曰："逝者如斯夫，不舍昼夜。"流水一去不复返，时间一去不复返。

唯有目之所及的前方，有更好的时光，人生才会有所期待。

攀登喜马拉雅山，即征服了高山吗？山峰屹立，伟岸，它就稳固、恒在地立在那里，不惊不扰，不悲不喜，也不会在乎人们蜂拥而至还是无人问津。

根行于内，征服自己。攀爬峰顶的人，其实是在向内而外地证明自己，渺小身躯与山峰对比，亦是在认识自身，挑战身心，征服自然，以证强大，毋庸置疑，亦为勇敢。

山水有清音，云霞生异彩。追求物质的时代，同样需要觉醒，价值产生于内部世界。

伟大而博学的亚里士多德说："人生最终的价值在于觉醒和思考的能力，而不只在于生存。"

为了生存，今天，我们更需要觉醒和思考的能力。

习性奖赏

一种行为持续久了，会成为习惯。一天的活动中，无论是从事的工作，还是日常琐事，或闲暇一刻，如无有大事发生，通常受习惯影响。

就算遭遇突发事件，其结果的好与坏，历经后会恍悟，也是受自身行为习惯影响。

既然是习惯影响行为结果，那么，让成长成为一种习惯，让舒心、美好成为习惯。

众所周知，习惯皆养成。当思维成为一种习惯，习惯会转化为意识能量，产生一种匀速运动状态，此状态也为物体的一个固有属性。

喜欢运动的人，运动是他的习惯，通过运动，不仅锻炼出强健、优美的身体，还能舒缓、调节情绪，获得快乐、满足。

这也是运动员得抑郁症概率低的主要原因吧。医学研究说，运动时，大脑里面的神经化学受体会发生变化。

如果习惯好，就能避免一些问题。所谓自由与快乐，更是一种规则之上的奖赏。

生命原本就是大自然赐予的珍贵宝石，需要我们去精心雕刻。

天性是自然禀赋，天性恒定，自然生成了习惯、习性。时间，是一部验光仪，意想不到的意外惊奇，原来不在别处。

本自具足

美好始终存在，痛苦也时时出现。

心中坦荡，不是完全没有烦恼，而应是不被烦忧左右。

最珍贵的东西始终相随，从未稍离，消失、毁灭的一定与之无关，无关于己。

世界每天都在发生着什么，又好像什么事也没有发生。一季一季的花朵凋零，也唯沉静、沉默的优美。

栀子花开，岁月流光的季节，风吹起，唤醒沉睡的梦境，清纯唯美，悦己愉人，收获启示……

世间有百媚千红、清香流韵，萦绕于时光中，沁人心脾，悠悠灌溉。

"万物皆备于我矣。反身而诚，乐莫大焉。"《孟子·尽心上》云。

自然中之现象、事物，皆自化，本自具足。

我们的意识来自精神能量。精神、身体之间互相影响，存在，决定意识。

哲学家认为"灵魂是整个宇宙的主导原则"。于个体而论，来自精神的灵魂，是身体的支配力量，即精神主宰着身体，是生命真正唯一的源泉。

人认识事物的过程，是灵魂借助身体找寻觉知的过程。唯存在之状态予启示之境途，梦中之境，会反映于"在场"意识。人如果没有开启意识，具有主观能动性，何为万物之灵呢？

初夏新语，栀子花开，一枝清绝，如约而至，美好四溢。

风水

国人讲究风水，何谓风水？风，天地空间中的气流；水，地理环境中的流动水域。

人无风水，不成人。风水孕育出大地万物。风与水，是我们赖以生存的重要命脉。

风水始终与我们相随、同在，这是自然界中最真挚朴素的道理。

风水，在天地之间自然地循环，循环运作的规律，即道。

风水，只有中国人相信，外国人不信吗？人活于自然中，当然懂得生存环境、资源的重要，外国人自然迷信，他们把这称为环境心理学。

不同地域、民族，表达方式殊途同归。

人生存于社会，首先是生存于自然。人还无法进入其他星球，那么风中水，犹在滋养着我们的生命。

俗话说"一方水土养一方人"，与西方环境心理学同，风水、地理、环境、性格、观念、习性，表达了地域的特征。

这儿说的风水，与风水先生自然无关，我没见过这样的人。"迷信"非我之信，我只信真知灼见。

何况，《警世通言》中说："真知灼见者尚且有误，何况其他！"

风水，永恒。然而，如林则徐所说："存心不善，风水无益"。

中国古典学说是天地人合一，西方的环境心理学讲的亦是自然与人的关联。

说来说去，自然品质之极，唯真善美。风与水存，自然而然会风调而又雨顺。

超越之祝福

福如东海、福星高照、福寿安康等，常常用以祝福德高望重的长辈。

人都喜欢被祝福，能得到来自他人的真挚祝福，乃为一种真正的福气、福报。

自外而至的真挚祝福，实际皆为内在的映射，向内归因，质的因结出硕果，自身德行好而能致远。可见，祝福于人而言，是积极生活的价值需求。

孩童，于成长中需要来自父母、师长的夸奖和表扬。此夸奖表扬，即一种祝福。

这样积极的作用之力往往影响着人的一生。反之，多少纯真的天使，被愚蠢的成人毁于一旦，一生可能都在惊慌失措中自我拯救。倘若前途中没有"幸运关照"，各种悲剧就会出现。

即便天然悲观之人，生活中有温暖的鼓励与祝福，他亦会留念世间的好意。

孩童的安全感，来自成人，成人如果未给予他合格的照顾、适宜的祝福，他未来的失意，会超出意外。

某些教育工作者，自身愚蠢、偏颇，自己愚蠢也罢了，还愚及学子，便为罪恶。

所谓成人之命运、福气，皆蕴藏于自身所行所为之中。

品行的高尚，通常由具有价值的心灵决定。根深蒂固之苦难，除了能磨炼出非凡的意志，往往也会产生狭隘和报复。

生命，不仅天然存在，更有价值需求，不仅从自我中生发出最真挚的祝福，也需要来自其他生命的真挚祝福，如此才有自由、平安、喜乐。

超越之祝福，亦是生命的恩典。

惊心动魄

何以惊心，何以动魄？地狱通往天堂，遥遥无路，无望之际，浩荡之魂，唯出空谷。

"秦时明月汉时关，万里长征人未还。但使龙城飞将在，不教胡马度阴山。" 王昌龄的这首《出塞》，赞美的是西汉名将飞将军李广，后世王勃在《滕王阁序》中慨叹的"冯唐易老，李广难封"，也是这位飞将军。

汉武帝统治时期，李广的孙子，将军李陵讨伐匈奴，兵败投降，致使汉武帝刘彻震怒。

太史公司马迁，因为为将军李陵投降匈奴辩解，致使汉武帝当场翻脸，将他下狱，并判处死刑，后改为腐刑，免于一死。

太史公司马迁遭受极端摧残，大辱，如立于地狱之门槛，悲感忧思之中，给一位也将踏入地狱门槛的友人回信，即《报任安书》，说自己选择屈辱地活，是为了完成一件事。

千古一倾诉。他悲怆、屈辱地活着，却要"究天人之际，通古今之变，成一家之言"，流芳千古，让后世之众叹服。

生命影响生命，世间最隆重的命运交响，回荡在岁月深谷，超越谷音，永驻人间。

"修身者，智之符也；爱施者，仁之端也；取予者，义之表也……"

诚如太史公所言，人之涵养、品性，永远是人类的真正标杆，为唯一确信过的所谓人间值得的智慧征信。

人贵在内涵，物贵在品质，千金选房，万金择邻。于生活而言，好之物品增益，青青珠佩，悠悠我思。

人生艺术

人皆带着能量而存，每个生命都是一个能量体。但能量不能等量齐观。

今时之世界，战争仍时有发生，见证了人祸汹涌过天灾。人性虽普遍自私，然一般的自私不足以导致惨烈暴行。

我不懂战争，只道战争残酷，关乎个体家庭，伤及具体的家庭，皆是无法承受之痛。

和平年代，如何净化人性中的自私、丑陋、缺憾？面对不断变化的世界，要如何平衡自我、建设自我、发展自我呢？

梁漱溟先生说："道德是什么？即是生命的和谐；也就是人生的艺术。"

这里所说的道德，非枯燥无趣的条框伦理。

此道德，为人生修养，为一种价值，为美好的意义。

此道德近似于"天地有大美而不言"之论述，首先来自先圣老子的《道德经》："道之尊，德之贵，夫莫之爵而常自然。"道，指万物自然运行和人在其中发展的规律。德，就是人存立于世的品行。

道、德合于一体，就为人在世间的性质，此性质乃为个体人之觉性、觉悟。人皆带着能量而存，每个生命都是一个能量体。道德不同，生命的能量不同，就有了差异。

道德，看似感性，实则为理性，完全藏蓄于个人之觉性、觉悟。

于具体社会而言，道德，就是社会的集体意识、规范。

进化之中的人，能明确自己的义务和责任，即完善了"性质"，犹如产生完善了品质，提升了品级。所谓获得幸福的人生，莫不具此"道中"德性。

道中德，品中至，升华生命，是人生艺术。

星星点灯

行进中的社会，方向在哪里？

男生说他要买块 Rolex（劳力士）的腕表，我说，这个是暴发户的入门要求。他说，现在风尚不是这样了。

现在是什么风尚呢？比赛结束，他说，他在一家酒吧准备开瓶 2000 多元的酒招待队友、学弟。

结果从深圳赶去为他们庆贺的大朋友给他们开了瓶最贵的黑桃 A 香槟，他说他这位大朋友"低调"，但就是喜欢花钱的感觉。

男生告诉我，在酒吧里，桌面上放瓶黑桃 A 香槟，会很"酷"。

我问他，他喜欢和你们玩，他会打球吗？男生说，他自己不会，他喜欢参与组织一些活动。

我问男生，好喝吗？他答：难喝得要死。

男生无疑受了这位大朋友的影响，大朋友就戴着 Rolex。物质决定意识、认知，而后又由这个认知决定外在需要。

物质和运动，摆在一块儿，物质的运动，或运动的物质，谁影响了谁？内里纵深的意识无法觉醒的时刻，常常被物质决定认知。社会的表面现象、周遭一致的认知，直接通过眼睛输入头脑，以"价格"代替了"价值"。

夜店里的"荣耀"成为一种追求的时候，运动的男生们，运动细胞也不能自主了，这一刻赢的不是比赛，而是"秩序"的方向、"行为"的洒脱。

星星点灯，非"黑桃"灯，方向何向？潮流之巅，社会导航。

经

俗语：家家有本难念的经。

所谓难念，无非是人的本能，夹着一己私欲。

人与他类动物比较，自然是人被赋予了超级的心智和能力。

人具有区别于他类的高等之灵性与良知。

其他类动物只具有本能。而人除本能外，还会有一个完美的来自理念的世界。

独特的心智，指引我们终生不断寻找这样一个完美的世界。

在我们居住的蔚蓝色星球上，表面百分之七十以上被海洋、江河、湖泊等水资源覆盖。

我们人体，百分之七十也是水。科学家在水结晶的实验中，发现了宇宙、地球的奥秘……

佛家说："唯心所现，唯识所变。"

释迦牟尼佛亦说："诸法所生，唯心所现，一切因果，世界微尘，因心成体。"

有生命的物种多具有见闻觉知的功能。那么我们人，具有独特的心智，应朝何方向延续发展？

每个人，都能生出一部"心念之经"吗？

存在于物质世界，将精神还原给精神，似水流长，生生不息，气象知道，惠风知道，雨滴知道，水知道。

七窍玲珑心

正儿八经地知道"七窍玲珑心",是在电影《封神演义》中。

演过诸葛孔明的演员,出演纣王的叔父比干。

他拥有一颗罕见的、天生七个洞的珍奇心脏,可与万物相交流,且可看透迷惑常人双目的障眼术。

纣王欲借比干的心救妲己之时,比干说:

"心者一身之主,隐于肺内,坐六叶两耳之中,百恶无侵,一侵即死。心正,手足正;心不正,则手足不正。心乃万物之灵苗,四象变化之根本。吾心有伤,岂有生路!老臣虽死不惜,只是社稷丘墟,贤能尽绝。今昏君听新纳妖妇之言,赐吾摘心之祸,只怕比干在,江山在,比干存,社稷存!"

七窍玲珑心,那是迥异于常人的心。世间独此一颗,难得,精致,剔透,灵通,细腻,活跃。

比干一语中的,后来周武王姬发就在姜子牙等贤相、高人的辅佐下,替天行道,推翻了殷商王朝。周武王姬发成了西周王朝的开国之君。

封神时,有七窍玲珑心的比干被封为北斗七星中的"文曲星君",后人奉之为"文财神"。

世人知晓,为你解读梦境的,是周公。此位人人喜爱的周公,就是周武王姬发的弟弟,周文公姬旦。

后世思想家评价周公:"集大德大功大治于一身。"

孔子在《论语》中说:"甚矣吾衰矣!久矣吾不复梦见周公。"

可想而知,周公正是孔子心目中神一样的存在。这二位皆为圣贤典范,是至臻之人。世人心中,封神天下。

七窍玲珑心，万物之心声，此中有真意，欲辨已忘言。

翻车

当"翻车"成了"传染病"，且持续暴发流行，在这样的环境里，有无相应的防控措施？

近 200 年来，最重要的医学研究发现：任何疾病的发生发展，都是因为细胞出现了故障。

杰出的生化学家罗杰·威廉姆斯博士指出，人身体的细胞，会有两种原因生病致危：其一，自身得不到所需要的东西；其二，它们被自身不需要的东西所毒害了。

此严谨的科学结论，非占卜命理，需要案例数据和实证，既有哲理性，又极富命理之真。

科学报道说，人体的细胞有 60 兆亿～ 75 兆亿个。每一个细胞，都是一个生命体。

据说造物主造物之初，安排好了程序，每一个细胞各司其职，它们有着与生俱来的聪明才智。

当它们出现故障时，或许就是所言的"翻车"了。人的身体不能够继续维持"生态平衡"，进而就出现偏差至病危状态。

任何疾病的根源，都是细胞故障。那么，细胞如何会产生故障？故障源，无非空气、水、食物等等。

排序先后，可以看出它们的重要性。细胞功能是否正常，决定了人体是否健康。它会产生故障，反之，在有利条件下，亦可激发出潜能。

潜能，蕴藏的能量，是造物主赐予的，是与生俱来的。

在"翻车"流行的环境中，细胞的自强功能自是很难激发的。

人，为地球这样的星球中特有的，作为万物之灵，生长变化为一系统工程。

生命里蕴藏之密钥，出自生命本体，可以不断拓展自我的极限。

万古云

独特的感知能力，是我们存在的唯一表征。无清晰之感知，个体是否存在，是个问题。

他人的存在，是不是认知世界的标准？人之初，当如是。幸与非，大部分，在人生初相见时。

而后，自身的存在、发展，遵循了个体事物独特的规律。

感受、感觉、感知，人与人工智能的不同，正在于此。

不论人工智能是否会代替人，它们一定不是人。

没有血肉、骨骼、气息，永远成不了人。

于此看来，凡合格的生命，至好的生命，确定是有意义的。

不知、不懂之时，不代表没有。任何人说的也不算数。

"神马都是浮云"，不知是谁第一个说的，无知的话，出自无知之人。他，一定不了解云。

望天空，云卷云舒，云淡风轻。云，又是什么？

云，是一颗素心，一阵清风起……

是时光的阴晴、岁月的图画、漂泊的风景，是白露中的清欢、自然中的灵犀。

佛说，万法唯心造。我想，云影是否真投于波心？

依照事物的表面现象，可探究其本质规律。人的本质规律，即不同于人工智能的独特感知力，由其感觉、感知形成所思所想。

浮云漂泊变幻，行影无定。浮云，恰恰象征了万古千秋。

永恒与变幻，本质规律始终如一。

薄情

所谓失落，在我们不具有觉知之时，以为是没有如意获取，而又无法知其所以然。

而今恍然觉知，原来"如意"曾经有，但不自知，那确实也是"没有"。这个"没有"，就是无识无知罢了。幸好还有朦胧意识，予以支持。

"无知的人总是薄情的。无知的本质，就是薄情。"木心说。

一听，对极了。无可奈何又如何，真的是这样一回事！

昨晚，听到一个涂着"烈焰"红唇的女生自信地说，在双方关系中，她们来去自由，互无约束，关系的任何无常变化都无所谓，"无常"应该视如正常，等等。

此所谓"烈焰"红唇，恰是涂着无知，自然毫不知晓罢了。

或许她以为，这即属于"独特魅力"，消耗价值，确实不需要纠结。

人无知之时，认为获得一切"表象"，即获得全部。除此之外，哪有什么价值。

无知无畏，无所知晓，也就无所畏惧。当然，无知也有畏，有知亦会畏。有畏无畏，都应葆有一份对生命的敬畏与尊重，自我的纯粹与坦荡。

女孩子，自强有甄别，自尊自爱，于何时代，都是有真知灼见的。

景致

红色预警之后，黄色预警信号生效中。昨夜，风平浪静。

最凶猛的敌人，从来不是来自外界，风雨的洗礼，淋漓尽致，有毁灭性的泛滥，有滋育性的灌溉。

昨夜观天云，云中白露生，依栏长凝望，星波莹莹秀。

自然如此之美，热爱是一种获得，存在不仅是体验，更为美好感知汇聚中的创造。

奇妙的天空，充满了我们需要的活力。

雨又开始下了，哗哗，哗哗，震动的音频越来越急促。

苍穹之雨，飞舞而下，雨迎白露，飘洒奥秘，滴滴点点……

生命的完好，如雨露，淋漓播洒，清透润泽，快乐荡漾，安宁环绕。

勒杜鹃，枝叶盎然，小小花蕾，在风雨中摇曳，借用张若虚的诗，真如"含蕊红三叶，临风艳一城"。

植物不负雨露，吸纳灵气，于无声处，景致盈盈。

烦恼

辛弃疾在一首词中写道："叹人生，不如意事，十常八九。"

南宋诗人方岳亦有诗曰："不如意事常八九，可与语人无二三。"

烦恼来自何方？生活本身，并非以制造烦恼为目标，何以烦恼却如影相随？

按照一切皆为心生之念的法则，烦恼当是不良的情绪。解决烦恼，当首先是解决制造烦恼的问题。

天灾人祸，往往为烦恼根源。

天灾，来自自然的力量，往往不可阻挡。

逢雨必涝的城市，有天灾之因，也有人祸。如昨晚下了一夜的雨，造成某小区墙体垮塌，好几辆车被墙体砸扁，此为自然之祸，但敢言非人祸吗？

如经验在先，提前意识到可能有问题，做好预防，有些情景也未必不可防范。

人祸可防否？完全由人造成的人祸，来自两处：一是自我，二是非自我。

人生百态，唯自我是可以掌控的。烦恼不可怕，烦恼来自自我之狭隘才可怕。

因为狭隘，产生了种种祸患，主宰着自我的命运，且可能影响、危害他人。

当生活产生了祸患烦恼，让人束手无策、痛不欲生之时，在劫难逃，便是唯一命运。

万事万物，息息相关，情志稳定，豁然若开，安然无恙，锦绣天堂，亦在人间。

删 除

昨晚吃饭时，谈论起 CBA 的一位前主力，其职业生涯可谓无比辉煌，是 CBA 首位总得分超过 1 万分的球员。

这位万分球员在社交媒体上说，他想给某位球员发信息，问问他为什么在最后两场比赛中都没有出场，为何一分钟都没上，却发现自己被对方删除了微信。

这名删他微信的球员，在近日的重大赛事中表现得非常不佳。

天时的意思，作为前辈，且现任一家有影响力的俱乐部总经理，万分球员不应该在重大赛事期间发表这种言论，即使对方删了他的微信，此时如此发表言论，会有导向性地影响公众情绪。

人际关系，有人的地方就存在。删除微信这事，关系亲疏、矛盾立场，各有其由。

由着性情而删，不作其他考虑，那是需要"实力"的。

前不久，我也删除了一个微信好友。删与不删，真考虑了一下。当一个行为成为问题，需要决定之时，说明影响可能深远。

我们生活于特定的环境里，环境因素会局限人，要想问题不成为问题，唯有自我不断进化，不断超越，让问题消失于无形。

解决问题的方法受各种关系制约，便产生了精神负累。

有些问题本身意义不大，也无须解决，采取不解决的简洁行为，是不希望受问题干扰。

而后，会发现自己的境界大幅提高，给自己的思维调频，可收获更高维度的意识。

问题本身不重要，解决之方法，才是问题。

方法之问题，思路决定出路，另辟蹊径，删除即了，原有问题无迹可寻，亦无须寻。

雕刻理想

如果每一个人都是带着缺陷来到世间的，那在人一生的过程中，除了生存，不是应该于觉醒时自我完善与雕琢吗？

其实，人并非带着缺陷而来的，而是带着完美而来。

可出生后，缺陷与日俱增，迷茫在"乾坤含疮痍，忧虞何时毕"的生活中。

看到什么，听到什么，触到什么，它们就被存储进大脑中。在不会驱动意识的时间里，那些是否会成为记忆？

理想之物质，需要走入雕刻理想的时空……

理想，需要提升思维才能实现；理想，必须以思想为基点层层打造。

理想，产生于现实，又非勾连于实际。理想的意义，在于让存在更有意义。

理想，产生于对现实世界的认知。

所谓现实，亦是对世界的一种"看见"。理想，是希望里的未来，雕刻中的现实时光。

描边之旅

9月1日晚，风骤雨急，风向由北向南……

我的柠檬树、金枝玉叶被风吹倒在露台，扶起移至墙角。金枝玉叶的陶瓶高近一米，却没有破损；柠檬树上的柠檬安然地挂在枝头；其他的一众大大小小的花木也安然无恙，怡然自在。

原来，擦肩而过是这样的意思。擦肩而过，描边之旅。听闻风已向西南而行，昨日在北部湾海面消散。

当时，整个城严阵以待，因为不知来者会带来什么影响。

5年前的狂暴之风，疯狂肆掠，吹倒、损坏无数树木，城市的花容绿意被摧残，今日犹历历在目。

《孟子·告子上》有言："苟得其养，无物不长；苟失其养，无物不消。"

海洋上，热带气旋形成之劲风，过犹不及。

风，狂暴，或和缓、平静，滋长并产生危害，都在它自己的循环系统中，人间无有方法对抗之，唯有允许它降临……

5年前的那场风，我在玻璃窗里眼睁睁地看着它恣意汹涌，如邪恶之魔，放肆地狂啸、撕扯……

风，将霸道演绎得淋漓尽致。

但这回的风，风格别具，途中相逢，仿佛回眸一瞥，随影而去，穿梭不见。

一掠而过的风声，"风"回路转，奇花瑶草，安之若素。

惟手熟尔

有的人的人生，纯粹为一场体验，他们无所谓地称为"经验标榜"。

如果经验就是一种体验过后成为经历的行为，那么千百次的重复，惟手熟尔，定然是手之经验。

但前提有"无他"，这一种有序又十分简洁之奥妙"经验"，实则来自卖油翁从容不迫的朴实自然之品德。

专注，品德作用于技术，成就了"惟手熟尔"。

为达至技术的精通，甚至完美，需要不断学习、练习，掌握相应的方法和技巧，且有恒心，能坚守。

这种可贵之"达至"，即"无他，惟手熟尔"的纯粹境地。

纯粹是卖油翁的人生态度，如果油里掺杂"唯利是图"，且成"经验"的话，此样"经验"将花样繁多。

一次至千次的递增，"经验"人生，越加丰富。

浸泡其中，得失算计，所谓人生，唯余"经验"。网络亦产出经验语："自古深情留不住，唯有套路得人心。"

套路，即一种技巧、手段的表现形式，一种以"经验"为标本的无风险或低风险的实用利己主义，但结局，往往是被自产经验套牢。

能量生于内心，光耀才可清晰辨识。在被雕刻的时光里，纯粹方可体验——豁然开朗，悠然之境中的桃花源境。

挚爱

时间，将你撒向哪个方向？刚刚有生长的感觉，自然正在成长。生活里人人都被时间充满了吗？四季流转，草木一秋，又到开学季。

亚热带向热带过渡的城，过渡型海洋性气候，光照充裕，雨量充沛。气象密码，写赠云雨，万世千载，依旧是白云。

没有四季更替的地方，夏季悠长，不晓不觉中，仿若年轮未曾变换。

会是从什么时刻，感觉时光流逝呢？

中秋？过年？白天黑夜不停地交替，你的时间，时间中的你，如何变换？或时间改变了你吗？

时间，让你收获，让你丰盈；或让你感叹流失，失而不复。

人又何为失呢？月有阴晴圆缺，然而月之于人，是永恒的存在，人事，却有悲欢离合，此事古难全。

当人感到时光宝贵之时，正是真的懂得了生命吧。

生命的存在，时光如何见证？与时光有灵犀相通，互相看见，是否是对生命的珍重，或是对美好时光的挚爱？

金钱

物之所值，以金钱衡量。金钱富足，就有好的生活环境，但好的生活环境，是否滋长好的思维？

金钱可以买来灵魂吗？不是买别人的灵魂，是买自己的。

灵魂属于有价值的生命。贪官动辄贪了几亿至几百亿元，如此之命途，个人能力毋庸置疑，但如此"能力"，与灵魂有关联吗？

　　金钱本身没有什么问题，人人需要，实际就是好东西。有些人拥有充裕的金钱，亦有富足的灵魂，说明金钱是可以滋养灵魂的。

　　有位企业家说："其实大部分人都不适合发财，因为钱的反噬力非常大，一个人没有很高的德行和智慧，很难扛得住。一般人，当他的财富达到一定程度的时候，就会无视规则、礼仪，无视底线、人格、道德，他们会把这些全部卖给钱。"他说得好，悟透了金钱。

　　既然把生命卖给了钱，基本的道德人格彻底沦丧，何来灵魂的赋予？

　　《周易·系辞下》早有言："德不配位，必有灾殃。"

　　金钱，需要智慧去驾驭，否则它会成为让人毁灭之利器。

　　灵魂，是身体里的一盏信仰之灯，是人之精神之境，是人得以安身立命的真金。得之，需要日积月累，弥足珍贵。

明星

　　时代走到现在，繁荣于表，但内涵稀缺。

　　一个艺人，坦然承认自己有心理缺陷，他表示，每个人或多或少都有缺陷，无论是心理上还是生理上的，他也不例外。且说自己读书不多，但一直很努力。

　　媒体浮夸了好多年，但这位演员口碑一直很好，人气始终都在。

　　他说，演员的身份，可以释放他压抑的情绪。

在角色里沉浮，体验形形色色的浓缩"人生"，无疑是一种相当的治愈体验。

只是，当角色结束，与角色告别，回到自己，还有意思否？作为知名演员，常年生活在灯光追逐之中，居然有社交恐惧症，在陌生国度也不愿与人交谈，只是享受作为普通人的快乐。

他，还有演艺圈的同人，媒体称之为"明星"，但他们其实就是普通人。"明星要上镜"，身高足够似乎很重要，但这位先生个子不高，却主演了很多戏。

外面的世界是否很精彩？外面的世界，永远不乏喧嚣与热闹。作为"明星"，不受外界干扰影响，懂得守护、调节自己的内心，不仅是对自己的呵护，也是热爱演艺工作的表现，唯有耕耘好自我，才可塑造好"角色的人生"。

获得权力、金钱、名声，是世人眼中成功的标志。成功者，却也未必对自己满意，只有不断反思、审视，拒绝浮躁、诱惑，不断突围、成长，方可获取自知之明。

自己的人生，其义自然自现。

一本"好书"

性格决定命运，性情之格调，为人的品质。如何拥有"完美"的人格？

完美之人，不知有没有。"完美"人格，确可有之。所谓人格，先天因子是决定性因素，之外，在成长中获得的附加价值，可使之不断趋向于"完美"。

谓之"完美"人格，非聚财，可喻为"聚宝"。因为一个人的人格，首先应该是稳定的、安然的，不会贸然给他人带来危害，这个相当重要。谁愿自己身边埋伏一个骇人"杀手"？

常言说：性格即命运。这话不太周到，性格有活泼，有沉稳，有敏感、敏锐等，不好笼统地区分好坏。性格非人格。人格，似有品性的含义。

人格里，性格是主导之因，性格一定要有好的方面，才能建立人格。

开朗活泼、热情洋溢为性格，不苟言笑、待人冷淡为性格，多样性格，形成人群社会。

唯懂得修炼性格，人生才有品格，再完善，才成人格。

时代已然不同，资源已然不等，"寒门生贵子，白屋出公卿"，虽然还是很难，而时代又非禁锢出路，积极进取，明确方向，仍然是通往成功的关键要素。对于任何一个执着追求、坚持不懈的人而言，要懂得成功并非一蹴而就的，它需要时间、努力和耐心。在追求的过程中，总是会遇到挫折和困难，但只要保持信念，积极寻找解决问题的方法，机会就永远不会完全消失。

所谓理想实现，一定要头脑清晰，保持人格健全。不能控制自身的人，性格即命运。

性格的缺陷，是疾病之根源。持有一支枪，就可毁掉一切。

2023年8月，美国的某个校园发生了一起悲剧事件，一位华人留美博士生枪杀了自己的华裔导师。所谓读博，非为书读得好，而是从未读到过一本"好书"。

现象世界

现象的世界，天天都有各种现象发生着，小至个人事件，大至国际社会争端。社会环境动荡不安，遭殃的是百姓。当政治发生冲突，文明的发展就毫无保障。

一个国家要有基本的文明，就得保障社会稳定、百姓安居。和平、安定的环境与社会文明的发展，息息相关。

然而，就全球范围来说，文明的发展确实难以获得稳定的环境，因为每一个人、每一个国家都带有强烈自我的意识，发展状况不同，需求不同，最后形成了各种矛盾冲突，动荡现象就产生了。

《理想国》中柏拉图借苏格拉底之口说："无论在个人方面还是在国家方面，极端的自由其结果不可能变为别的什么，只能变为极端的奴役。"

自由到底是什么？如果不想成为奴役，那么自由最基本的定义，就应该是一种安全感。

社会要有保障，个人要有积极的观念和信仰，自由才能各得其所，成为意志。

如果无所不有是一种希望，那么某些人的自由就会变成强权，而另一个人就会被奴役，毫无自由可言。

新与恒

一个新的自身，才会发现新世界；对自己永远有所期待，自己的世界才不会充满焦躁不安的气息。

时刻觉醒，就是青春的样子。我不懂习武，也不太健身，看天时健身，问他：我想瘦一点，你说怎么练。他回说：跑步。我说：太浪费时间了。

不健身，不也哪哪都好好的吗？仿若武林中高手形容的，打通了脉络，感觉通体舒泰。不生病，应该是一个优点。血脉相连，想必是很有道理的。

"苟日新，日日新，又日新。"古人都这么说。没什么科技的时代，脑力产生新意，就是创新精神。

科技是第一生产力，也限制了人的一部分新生意识。科技为我们带来了突破、效率，也带来了竞争与不安。

科技的日新月异，恰恰迎合了"苟日新，日日新，又日新"之理念。

但是作为人，理念更新、物质之身、神采之魂，又非器械。不断创新的科技，无法解决人在日新月异的生存中所遇到的问题，甚至还会产生更多、更复杂的问题。

人如何在"新"中守恒，成为更大的问题。面对科技智能、人工智能，人在使用、掌控它们的同时，反而难掌控自己。

科技智能的迅猛发展，验证了先哲的思想。人的问题，唯向内求于己。血肉之躯，向内生长，凝聚意识，活跃细胞，炼其意志。

以无为之心，行有为之事；以有用之心，作无用之用。

心神入境

人生如梦，如何在时间里存在？

道教全真道祖师吕纯阳——八仙中的吕洞宾，有诗曰："丹田有宝休寻道，对境无心莫问禅。"

人生在时间里探求的，时间之境途，可藏有宝藏？所谓寻道，他的意思，不必寻找那条"宝道"，境途之心，即宝藏。

《类经》上说："人身之神，唯心所主。"时间之境中，可见宝藏真不在别处。

约10年前的一个上午，与人约好时间去他办公室，他是位作曲家、声乐教育家，女儿是位歌者，歌唱得好，受欢迎，人气旺。这位中年父亲温文儒雅，是这个城文艺工作的引领者。

在这位父亲眼里，女儿是朋友，是他的小姑娘，她为了音乐而生。后来，也为了音乐而去。一颗小行星以她的名字命名。

人生如梦，在梦境里充实，生命是否就被充满了呢？

岁月如歌，歌者却离开了时间。作为天生的歌者，她在时间中选择了燃烧、绽放，以喜欢的方式度过，熠熠生辉，短暂而绚丽。

人生如梦，喜欢就好，满意就好，无悔就好。

另一位天才学霸，毕业后，出人意外地选择出家12年，去年还俗，交了女朋友。

12年的时间里，他是否寻到宝藏，或者说悟到了时间与生命之宝藏。

12年的时间之境，他没有后悔，他说："出家是一条很好的路。"

于时间之境途中，感受生命之美，享受悠然时光，缓缓发现，季节里萌动着润泽气息，风吟雨滴，心似湖波，清香清悦。

人生如梦，心神入境，云水苍茫，相依相存，神形合一。

公正资本

公平、正义，是良人的渴求，而存在的"不公不正"，却是它的真实本质。

在不公不正面前，受到伤害的常常是好人。因为如此，好人坏人都想成为强者，好人成为强者，除了想免受欺凌外，大部分还有改变秩序、规则的愿望。

坏人呢，当然是想通过反转，继而让更多人同流合污，以恃强凌弱。坏人原本就是投机分子，何种处境下都是。

古语也说："好人不长命，祸害遗千年。"千年秦桧就是一例。岳飞墓前，秦桧夫妻双双一跪千年。

青山有幸，岳飞骨魄埋于此；白铁无辜，却用铸作奸人像。

墓前还有一副对联："青山有幸埋忠骨，白铁无辜铸佞臣。"

时间，是一双天眼，一时宠利有尽，千秋青史难欺。

时间，又如流水，悄然眨眼之间，一切旧迹被洗涤。

好人极致，无有他异，只是出于本性。

阳光雨露，鸟语花香，大气豪迈，欢乐喜悦，都很美好，是天命赐予的。

偏转的航向，离开"贫瘠土壤"，或者是使命般的归属。

中央电视台晚会中，一位天生的歌者曾用地道的汉话说她是武汉姑娘。不论生长在哪里，母亲的故乡就是自己的故乡。

天上的星星不说话，地上盛开着鲁冰花。

冷峻善变的时代，品行，心灵最后的依赖，永远是一个人真正的强有力之公正资本。

折堕

浩瀚无际的地球历史，恐龙曾上演过一段辉煌；但在白垩纪时期，生物遭受灭顶之灾，恐龙灭绝了。

灭绝的原因，科学家纷纭研究，是环境巨变影响了恐龙生存。

迄今为止，人是地球上出现过的最善于思考的生物，但人需要水和氧气，需要非常适宜之生存环境。

空气中，含量最高的非氧气，而是氮气。氮气的含量是空气总含量的 78%，氧气的含量仅有 21%。

人靠吸收氧气而存活，如果氮气超过 80.5%，就会导致空气感染，使人感到胸闷或者气短。

粤语有谚云："有甘耐风流，就有甘耐折堕。"

物无枉然，必有其理。

有道是人生得意须尽欢，不能忘了，难得最是心从容。实践出真知，实践是是非的试金石。

虽说吸入合乎标准值的氮气对人体也没有危害，但吸入氮气浓度较高就一定有严重危害。

依据自然界早已生成的法则，人类的行为要"道法自然"。

得意妄为，为所欲为，肆无忌惮，折堕，即是必然。知其所以然，才能知其然。

天然屏障

自然之环境中，存在着天然之屏障。海洋、湖泊、河流、山脉、森林，它们就是如此的屏障。

天然之生境，保护着生态环境，维持生态平衡、和谐，为咱们人类提供了无限的生存资源。

自然大宇宙，个体小宇宙，后者形容的是身体，所指的应有超越身体的存在。如何存在呢？有一天终于明白了，原来，自己有一种天生的能力。

有而不自知，有一种归属于，作用为安全的因子一直保护着。

大自然需要人来拯救吗？咱们只是自然界中的一种生命体，大自然之境，本无需要，唯需要拯救自身。

在人类的发展中，自然生态环境遭到破坏，产生种种不堪的负面影响，等人类意识到之后，才呼吁保护自然环境。保护自然环境，更是为保护人类的未来。

江海湖泊，天南地北，物同理正，保护自己，才有好的未来。自然之境，就是天然屏障。

自身之境，初始以为就是"障"，但在观览、找寻中忽然发现，自然属性不属于"障"，而是天然屏障。正因有此屏障，才能下意识地屏蔽险恶、恐怖等坏人坏事。

坏人有多坏，好人哪里会知道。不知道就存在危险，幸好有屏障。

自然界遵循自然规律，有条不紊地运转，白昼黑夜、春夏秋冬自然流转。人生自然中，人体小宇宙依托自然得以运转，才有生命的达观。自己满意了，生命就圆满了。

佳境

个体之生命，是一个增长过程，或是一个不断消耗流失的过程。你有没有思考过，这增长或流失，是由什么决定的？

自然中，当你凝望天空之时，风，飘飘逸逸，柔柔地舞动而来，仿若欲与人语……

自然中吹拂的风，实乃空气之心，优雅之韵律。

风，是生命本身。每一天的风，都在悄然滋生滋长，风吹拂着万物，万物同生长。

有风吹拂，生命才可感觉气象万千，才会知晓欢喜何来。

人之精神面貌，不能向上而进，就不可感知自然生命之美好和无限奥秘。

苏轼说："好风如水，清景无限。"山清水秀的风水宝地，好风和水聚，有祥瑞之景，在这样的环境中，是否更能觉悟生命之"真理"？

清欢盛宴

拿起手机，喧嚣闹腾、事态变迁、人愿是非都在里面。

好日子，为何不可延伸呢？凡俗人间，无妄之灾，常系于无无妄之人。平稳无忧，久治长安，难否？人是进化了，还是仅仅变化了呢？

说唯变是王道，那么不变唯本性。本性之体现，唯需识见。

昨晚，弯月如眉，斜挂于天空。更晚，月儿已不知去向。

当你凝望星辰的时候，星辰也在凝望着你。

当你凝望之时，你发现，原来你们同在宇宙里。

晶莹的亮，微微的芒，遥遥相视，那样远近，如此真实，是否星星的光芒可以投射到你的眼里？

岁月静好，不可吗？风来，妖娆，与风轻语，来了，好啊……

世间的美，人生海海，心海之念，可有趣味？

世间之态，恣意妄为，自顾不暇，何以至味？

世间万物，万物非盲，误入"盲"途，盲心有劫。

天有不测风云，然"一切福田，不离方寸"。心性人性，有限度否？

合意，尽意，专注生长，人间，即一场清欢盛宴。

与生俱来

"悲观是堕落的标识，乐观是肤浅的记号，只有悲观的乐观主义才是强者的态度。"尼采说。

不想悲观，亦非强者。生机盎然的生长过程，对有的人而言，好像是一个发现自我的历程。

生命发展没有捷径，唯有历一程才知晓，拥有生之力量，获得快乐的能力，方可获取新生。人总是后知后觉，其实这一切都藏于生命体中。

生活的陷阱，道路里的泥泞和挫折，越过方知险。生命是一支奏鸣曲，充溢的生之力，如旋律的起伏，在时空中循环，在心脉中流动。有此曲，我们就可以自我拯救。

历程、旅程，灵魂是导航。凝聚灵魂，它的共振会产生生命意识的结晶。神志飞越，瞬时之悟，像河流流淌，会寻找到一幅幅生命之景象。

隐约于时空中的航道，是心性的轨迹。觉知后发现，生命意识与生俱来，可以创造出珍贵的生命景象。

清澈

物质体，即能量的存在。人之精神，产生强弱之状。自然中，万物的运行，能量始终守恒。

既然守恒，"好"的能量，实则非少。

人的进化，现代科学证明，是一种意识能量级别的进化进程。拥有一种神奇的能量，足可以消融无以计数之负能量的总和。

据现代科学家测试研究，让我们复归于生命"致虚极，守静笃，万物并作，吾以观复"的智者老子，他的意识能量级别，即在人类能量级之巅。

地球之上，一个如此的生命体，即可消融人类大部分之负能量的和。或许这是宇宙为地球确立的一种平衡。

心如水源，慧至从容，水静极则形象明，心静极则智慧生。

浮躁的时代，源清则流清，凝神方能会神，方能悠然自得，安享纯净生命的明朗与清澈。

极致之境

命途之中，会否遇到愉悦、富饶、完美的状态？

接近圆润或圆满，也是可以的。那样的时刻，淡淡清香萦绕，有奇妙的体验，有形无形的距离都消失了。

丰盈、饱满的生命状态与灵魂相互映照，任何高级的享受，必关乎物体之上的神采。

生命的花蕊，绽放于生命的纯粹中。感受生命，认识自己，是存在之根本。

徘徊之处，尽览景致，何来禁区？

《庄子·让王》说："日出而作，日入而息，逍遥于天地之间而心意自得。"

城市繁华、喧嚣，唯心意属于自得。

自得之心可沉淀，立身养性，风与光中，极致之境，悠悠滋长。

含苞欲放

人为何不快乐？与快乐相对的是不快乐，往往可能是真正感觉不适了，方知原有的无知无觉、不痛不痒，除了缺乏灵敏度外，实际上就是也没有特别不快乐。

想想自己还算幸运，人情往来少，没有太多这方面的感知力。

懵懵懂懂的时间长，或者不失为幸。如果知晓世故越多才会越快乐，那小孩就不具备快乐的能力了。

人之生途，何去何从？陷于圈群，生涯"智慧"难脱圈栏。琢磨来琢磨去，经事阅历，无非那些事，招人排挤或讨人喜欢，好像都不与你相关。

你健康的样子、倾注的精力，时光看得见。别人喜欢你，你不一定知道为什么，你喜欢自己时，快乐一定是真挚的。

据说有的人的"快乐"是在与别人的对比中获得的，但他们的不快乐，也可能在与别人的对比中产生。

所幸，你不与人对比。时间是一部验光仪，删减的一切，从前以为是严重的缺失、失落。

今日可鉴。有种对不同生命之认知，需要时间的铺垫与浇灌。

要想好看，身体每一个器官都要健康。何谓美好？美好是需要呵护、培育的。得失兼容，不断地超越自我才能获得快乐，因为快乐正是产生于觉悟含苞欲放的时刻。

气运

运气，气流产生、循环、运动。

宇宙间一切都在运动。静态，非真正静止。

运动，调谐的是空中气流，谓之运气。

气要运动，人也离不开运动，运动关系着生命。

窗外之雨，为水蒸气经过风的运动，上升到空中后凝聚成云，并不断扩大，当云体遇冷无以承托之时，便化雨而降。

雨是云中降落的水滴，万物都要靠雨露滋润而成长。另一方面，暴雨、洪水却会给我们带来巨大的灾难。

物理现象、化学现象、生理现象，一切现象，都有两面。

思维中滋生的现象，是否需要谐和之运气呢？思维产于内，现象为果。

如果思维是一种活动的话，自是希望它能结出润泽的现象之果，而不是产生洪水猛兽，予人祸患，让人不得安宁。

精神、思维，气运之主；形体，气运之载体。《太平经》认为，人的生命是由禀道受气、得俱形神而来的。既如此，人的气运离不开精神，精神不可离开形体。

当空中有异常气味时，人会产生不良的生理反应，严重时，可能危及身体健康。

运气，不光是个人运动能力的体现，更为一种生命本体存在的形式。天地元气化生万物，如何对气进行涵摄而运化，并再生新生命，于物而言，是非常重要的。

富有生命力之个体，他的一切皆由内含的健康之气运而生发。

清浅清雅

淡薄非微薄，让时间沉淀一切是与非，不轻易去触碰。时光的花朵，开放于信仰中。

有些事遗忘是必然的，有些人走了是命运的安排。天地悠悠，时光匆匆。

行走中，目之所及，时间会给出奖赏，也会给出惩罚。

失意收获经验，成功拾得信心。经验与信心，归根结底都在时间的成本里，时间应变成价值，成本才具核算之意义。

时间，仅仅是过去式吗？时间是通道，谓之道，就不仅仅是时间。二十可以"而立"，三十可以而已。

时间，不是简单的数字积累，必然要有光的照耀，让身心沐浴其中，方能诞生"和光同尘，与时舒卷"的体验。

道途的光明与黯淡、蹉跎与变迁都有，但时间不会停顿，时光可以穿梭。在时光的道途中，可以丰盈唯美、安然自若。

时光如风吟，柔软纯净，清浅清雅，阳光微淡，栖息之处，光影流动，如卷如画，一切刚刚好。

点染时光

心灵栖息，需要净土，清风与清静，可描绘出无限景致。栖息之地，乃我们真正安身立命之处。

涓涓流淌，生境幻化，悠扬乐篇，点染时光。

刹那灿烂，片刻欢愉，当易。难的是"持久"拥有快乐之境途。

简约，非简单的寥寥无几，萧肃萧条。未染，才有点染的空间。空间之境，碧波如染，潺潺清澈，水映云霞，泽润清秋色。

人间时节，好与歹，谁拟定？一方澄澈，一刹灵犀，无形有形，有声无声，是否心悦？

一切失去、过往、烦恼，是沮丧，还是超然？世俗繁杂，竞短论长，得失难量，何以释然？

极富民主情怀的大思想家孟子有言："人知之，亦嚣嚣；人不知，亦嚣嚣。"

"嚣嚣"，非喧嚣聒噪，而是问天问地，问心无愧，安然自得。

大哲心胸，坦坦荡荡，何等光明！

一部戏

一部戏，人物让人喜欢，往往与人物气质相关。

一部群戏，开演后，人物纷纷上场，主演是谁，不明显，戏演将半，观者已然对人物有个排序。

《老子》说："躁胜寒，静胜热。清静为天下正。"戏中人物之突显主次，就在这一"正"中。初始群像群戏，面容皆无法认清，但随着剧情发展，人物关系渐渐清晰，人物性格、性情慢慢突出，主角、配角也就慢慢清楚了。双主角设置，人物演绎的力度，人物之形象，都有清静中的"正"。

昨日观看一部电影，因一男生之前说，这是他朋友的男朋友的姐姐的男朋友主演的。群戏纷纷，质子、王子终于分清，质子很好，王子也不错。男生说的主演，演的是王子。

影片结尾，质子飞身骑上白驹，千里回归，正气浩荡。荧幕之上，"花样美男"要重新定义，就应该从"正"而拟。

恩典

个人的精神，若空口而谈，或觉空泛无实际内容，不好理解。

不妨借苏轼的话换一种表达，个人精神"取之无禁，用之不竭，是造物者之无尽藏也"。

此"无尽藏"蕴含了素质思想、文化科学、生存状态，以及衍生的人生观、价值观等。

情绪，正是人之独有的典藏于内、尊贵于外的"无尽藏"。

情绪蕴含价值、意义，影响重大。

法兰西第一帝国的缔造者拿破仑说："能控制好自己情绪的人，比能拿得下一座城池的将军更伟大。"

人之品性，很多时候体现在情绪里，情绪即人的精神面貌、境界之镜。

成为情绪的奴隶，或是掌控它，实在是天赋加修炼共同的结果。

情绪，决定了人之精神状态、身体动态、处世姿态。情绪发挥得当，一个人的良好内涵，就会上升为一种精神。

人在旅途，需要不断的能量供给，这个能量何所有？何所为？何所生？

天地万物将能量传递给人，能量温养情绪，而情绪反过来也能产生能量。

世人追求地位、财富，而比这更为宝贵的，是时时刻刻陪伴着我们的情绪。

很多人惶惶不可终日，焦虑，躁郁。无以抚慰，无以寄托，失态绝望的人亦有。

在资源、智力无悬殊的情况下，使人产生差异的，唯此之"绪"。情绪与生俱来，生长生发，如响应声，如影随形。

情绪产生的价值，如皎皎云中月，灼灼生其华。如宝藏之情绪，是自然之恩典。

空气之心

空心何意？顾名思义，空气之心，或空空的心。

空气之心，何等昂贵！若空气可以言说，必然价值连城。岂止连城，世上所有的城，对空气，也要诚心顶礼。

空气之心，你何曾看见？天地有大美而不言，播种生命的地方，必然荡漾着非凡之空心。

生命呈现的任何迹象、生命如何出现、生命传播的问题、生命力的表现形式……一切无法回答，唯空中弥漫、环绕的空气之心，安然地陪伴、滋养着我们。

呼吸清新纯净的空气，可裨益我们的身心，这是尽人皆知的事实。现代的城市，空气污染已成为严重的问题，被污染的空气，给人带来诸多危害。事实证明，空气的重度污染，能够灼伤人的眼睛及其他器官，甚而危及生命。

身心的安宁与发展，何曾离得开清新纯净的空气之心？

然而，空空的心，却是严重的病。

北京大学学生心理健康教育与咨询中心副主任徐凯文在一次演讲中指出，价值观缺陷导致部分大学生心理障碍，他称之为"空心病"。

空心病症状为，觉得人生毫无意义，对未来没有任何希望，存在感缺失，身心被掏空；不知道为什么活下去，活着的价值和意义是什么。

他说，北大四成新生认为活着没有意义，活着只是按照别人的逻辑活下去而已。

何其可怕！美好时光，情绪之消沉，心灵之丧失，不幸与悲哀蔓延……

"空心病"的核心问题，正是缺乏支撑生命的价值观。

青春生命，应该绽放，但他们却消极，没有生气，毫无疑问，社会、家庭都有相应的责任。

个体如何存在，如何找寻意义，如何拥有健康的自我？如何，以"我"之心，满载而归？

空气之心，可滋养、涵养。人的空心，却是病。活力四射、充满梦想，才是青春该有的样子。

"谁言寸草心，报得三春晖。"小草，也有小小的心，人，怎可空心呢？

生命，有没有意义？每一个意义，皆要自己去找寻与实践。或许寻找的旅程，就是生命的意义。

生命，美好生命的存在、滋长，本身就是一种奇迹。

理解的前提

德国存在主义哲学的创始人、思想家海德格尔说："理解，是人的生命，追求理解就是对生命意义的追求。善于理解，是对自身意识和行为的突破，是对生命的扩展和延续。"

前一部分之理解，与其说是理解，不如说是在了解存在的社会与存在社会中的自我。

后一部分的理解，正是真正地进入了理解。

要理解，首先应主动了解自己，能够跟随意识深入解读自我，从而进一步主动发觉真知、真理。

要寻到真理，就要于时空之境中不断探寻生命，不断觉知，继而创造。此即"对生命的扩展和延续"。

我思，故我在。"存在"的意思，如果不予理解的话，你是否存在就是一个问题。

人因为自然而存在，进而因为社会而存在，人与自然、社会融为一体，作为个体的"我"的存在，也就可以说是世界的存在。

"我"的这个"在"，就是世界。早于海德格尔约 300 年，笛卡尔的认识论哲学观点即"我思故我在"。

两位大思想家，相隔约 300 年，思想却有共通之处。人在不断思考，思考世界和"我"，思考"存在"，因为知"思"，而知所"在"。

聪明反被"聪明"误

不必有所负累,随身携带各种负担。你就立于时空镜里,见镜与境。用不着穿越,相望即见,和风抚爱,星语幽梦,霏霏新雨,碧波荡漾。

清代诗书画三绝的郑板桥先生,有两副著名的匾额:"难得糊涂"和"吃亏是福"。

板桥先生的弟弟因家中之事和邻居打官司,寄信向在外做官的哥哥求助,板桥先生收信后,虽感到官司中的评判对弟弟家确实不公,但他思考之后,反而写信劝弟弟息事宁人,同时寄去一条幅,上书"吃亏是福"四个大字,其下又文:"满者损之机,亏者盈之渐。损于己则益于彼,外得人情之平,内得我心之安,既平且安,福在即是矣。"

多才多艺,有趣有味,聪明绝顶的学问大家的聪慧睿智,自然不是常人可比的。

所谓后来者,有样学样,将"吃亏是福"挂于厅壁之上,自是不乏惺惺作态、做张做势之徒。

在真实生活中,人皆不想自己吃亏,因为"吃亏"时看到的唯有亏。

人往往以为精明人不会吃亏,不精明才会亏。

精明是否为聪明演化而来呢?若如此,就玷污了"聪明"两个字。

人之体质、心力,可否增进而非耗损?费心劳神,神失他池。从聪明到精明,未必是长进。清算每一笔账,才能"看透"冷暖人间。

来世界一趟,就为浸泡炎凉世态?"精明"用在计较眼前得失,不愿吃亏,所以眼前处处都是亏。

这世间，很多愚笨至极的人，是"聪明反被聪明误"。

做事"吃亏是福"，处事"难得糊涂"，博古通今的大学问家，极致聪明的头脑，想告诉我们，真正的聪明，应该用在有价值的地方。

找准方向，以学增智，精神充裕，才能福至心慧。

波澜涟漪

为什么人生会有无端的痛苦？没有人喜欢这种痛苦，人所喜欢的是它的反面——快乐。

你快乐吗？是的。如果快乐是自己创造的，且是源源不断的，人定然能真正安然正享它。

快乐由自身生发，不是从他人身上借来的。

况且，旁人也无法给予。

有一句流传很广的话：相由心生，境随心转。

心境，即面面如水、波光粼粼般澄澈之时空镜，照射好与坏、澈与浑、白与黑、是与非、因与果，绵延不绝，种种凡是，不脱此中相。

相信即信仰，相信你自己吗？时间会给出答案，时光会馈赠结果。

身体与心灵，强健与充盈，生出良好的心境。时空镜中，荡漾着一朵一朵绚丽的涟漪之花。

更大的滋味

潜意识操控着人生，通常被我们称为命运。

看过一些寺庙，持香火的人群中，有人念念有词，拜佛，但他们其实是在拜自己的欲望、欲求。

平时不做功课，临时抱佛脚。迷信者，应首先问自己是否值得佛信？

"我天生不合群。"想了想，这句话是否适合写在这里。在很长的时间里，我也质疑自己，为何？何为？

人群有趣吗？是自己没有能力走入群体，而非被孤立，亦非无援，冰冻三尺，非一日之"凝"。

合也无味，真正不宜勉强。亚里士多德说："离群索居者，不是野兽，便是神灵。"

哦，原来这样，忧虑自抚，自我解套，自己身上，附着神性。否则，实在无以解释这份与众不同。虽从未离群索居，但冷清之意，确实被他人感知到了，他人亦未可放肆。人性，不好一概而论。

终于懂了，存立于世，你理解他人即可，相信值得信任的人。所谓人情之冷暖，皆不在你的目光中。

生活的万般滋味，其实并非都需要品尝。人生真谛，谓之"更大的滋味"，简洁纯粹中，可否淋漓尽致？

择善而行

有人说："鸟择良木而栖，人择君子而处，心择善良而交。"择善而行，不问曲终。

择，折射了生活的状态、胸怀、识见、智慧、慈悲。

择善而行，为人之深厚教养。诚如脉中血流，向心而流，益于身心。

血脉之运行不息，循环周身，互联互通。脉象是否正常，关乎生命之气象、盛衰。

心主血脉，流经全身，循环不休。休则完矣！

好像一句广告语："心好，一切都好。"

简单，直白，富有哲理。确实是这么回事。

尽管生活中烦恼多多，情绪或也如天气般变化起伏，然而不能忘记，每一天都是新的一天，新的时间，新的生命，都值得你不忘初始，择善而行。

所谓人生，如此而已。如果阳光是永恒的，我们都愿意向阳而生，逐光而行，不负时光，不负年华。

择善而行，非呆傻，非懦弱，非寻常概念，亦非寻常之为。

罗曼·罗兰说："世上只有一种英雄主义，那就是在看清生活的真相之后，依然热爱着生活。"

择善而行，不问曲终，不负光阴，是智者的选择。

时间的延展

各方都在竞相发表"观点"的时代，应掌控自我，不迷失，不从众，不要忽略了对自身的关注。

当我们长大，往往最容易进入的，就是共识，生生担忧是不被他人认可、认同的。

所谓同化、融入，便是人生处处都是友。有了朋友，交游广，但时间还是会逐渐分化。有限的生命的延续，有效或无效的时间轮回，哪一种循环能让生命诞生、递长？

源源不断的时间，春去大暑来，高温酷热，阳光炽烈，但今晨的簕杜鹃，偏偏绽放出美丽的花蕊。

待到来年春光来，山花浪漫，可否依然在丛中笑？

时间的推移或时间的悠长（zhang），真理，会愈益显露。

何时才发觉你就在时间里悠游、游历、游览？或许因为终于苏醒，无意中开启了自身的一种循环、感应……

很多时候，我们忙忙碌碌，周遭变故纷至沓来，让我们陷入其中，没有希望，看不到前景。

外围世界的喧嚣、匆忙、动荡，甚而生命的终结，影响着我们的情绪，使我们无法停下来感受生命的真谛。

时间，到底代表了什么，表达着什么？你是否觉得，每天都是奇妙的，每天都是新的一天？

新的一天，新的时间，你在时空中，你在光阴里，感觉着生命美好的意义。

或者，时间的存在，想告诉我们一个永恒穿越、延展的意义。

花心

花的心藏在蕊中。曾有一个刚出生的小婴儿,我赠了她这个名。

她的父亲在前面加上姓,两个字直接上了他家的户口本。想象中的小婴儿,晶莹剔透的娇蕊。

人之生,是否都是天地灵气孕育而出?婴儿,儿童,少年,而后,何去何从?

哪吒的传说,依然经久不息地流传,我们依然无比喜欢。多少年后,我们经历了些世事,是否能够脱胎换骨,焕然再生?

传说中,哪吒再生,是莲花的化身,想必他的心就藏在蕊中。

人类之千年推进,而迷茫、匮乏与焦虑,永远伴随着生存。造物主是否相应配给每一个人使命?

工作与生存,很多时候,谋生手段成为禁锢时光、局限思维的束缚。束缚就是不遂人愿,但或许,屏藩也非天意。

以自然之为美,为美学命题的明代思想家李贽说:"世间功名富贵,与夫道德性命,何曾束缚人,人自束缚耳。"

人生于自然,存于自然,自然以自然为美。美,首先从自然中来,所谓艺术,首先是对自然的模仿,进而在无限想象中创造与升华。

大自然,于人而言,永远都是一个审美的客观对象。

花的心藏在蕊中。人的心,是"最初一念之本心也",世界的本原、初始,晶莹剔透,与生俱来,自然之性,乃境域、精神之品相。

梦蝶逐雨

万法渡万心，若无万般心，何须一万法？佛亦无万法。

常态生活中，何来云泥之异？一人所思，一念之差，夏虫语冰，不可同日而语。

生活的简洁与动荡，与什么有关呢？从前以为生活场景的纷繁与热闹，可能是圆满充实的模式。

人类的悲欢本就无法相通。你健康、安宁，就会获得于凝晶的真气里破土而生的崭新生命。

为什么不可以呢？景致、新意植根发芽，渺渺宇宙，你在其中蓄力，青春就是方向。

晨醒，寻忆那位梦中的紫衣女子，她是谁？何以出现在你的梦中？

人生如雾亦如梦，朦胧之间，如梦方醒，她是谁？你是谁？

煦风轻语，雨滴飘零，无声柔软，吟吟环绕……

无可奈何，是又非，世界和平了，恣意非妄为。

世间偏爱元素，希望通过化合反应方程式获得种种变化。万般无法，偏偏犹似风中羽翅，舞动翩翩，飞花逐梦，梦蝶逐雨。

景象

所谓言为心声，如清代学者石韫玉所说的"学问深时意气平"。

人一旦拥有丰厚广博的修养、学养、涵养，相应地会具备非凡之理解力、洞察力、见解力，同时具有消化力、创造力和凝聚力。

精神世界因而产生，绵绵如织如锦……

人首先是物质的，物质可以喂养精神。孟子亦有言："有恒产者有恒心，无恒产者无恒心。"

精神的瑰丽色泽，投射于物质世界中，意念专注的产生，景象的呈现，奇迹发生的所相，就为实现的美好。

生而美好，才是生活。喜悦与快乐的能力，来自生命精神的力量。

好好活着

电视上爹在嘱咐女儿："莫愁，答应我，好好活下去。"而后，遍体鳞伤、躺在牢狱之地的爹，永远地闭上了双目。

一家人被关进牢狱，爹和一双儿女受尽折磨，个个浑身是伤。此刻活着，是多么难的事情。

电视里的故事，任人编撰发挥，凸显人物的曲折历程，情节的传奇丰富，不奇异，无以打动观众。

人天生喜欢故事，听故事，都是"别人"过去的事。

电影电视，演绎了一遍又一遍，悲剧、喜剧和正剧，目的是讲好故事、传播立场、宣扬精神、教化于人。

"好好活下去"为一句普通的话语，很多剧里都可听到。因为故事里总有陡峭山岭，阻碍重重，时时需要抗争、翻越。

剧之高潮迭起，时有波折，这是真实生活吗？当然不是。生活如果"真实"如此般，活着确实是一件艰难的事。如此折腾，倍加消耗着生命。

生命，首先为一种高级存在的物质现象、物质形态。生命之运动，应为高级的运动之形式。生命是时间的存在，因为生命的有限，时空的无限，生命的形态会随着时间流逝而变化。

变化，越来越好，或是不好，由什么决定？好好活着，永而远，是因为生命之美好……

精神病院人满为患，听闻某中心又中标了市里"精神卫生管理与防控"项目。此时今朝，好好活下去，依然非容易的事。

生活中，自然处处有美好，但也有艰难。生命的理想性形态如何形成，一代代生命能否告诉我们答案？

哲学家黑格尔说："人类唯一能从历史中吸取的教训就是，人类从来都不会从历史中吸取教训。"

没有吸取教训，便唯有故事不断重复。日子的周而复始，是新的开始，决非复返复印。

好好活下去，每天可以吃一样的米粒，喝一样的水，观天天都在的"天"，唯有看不见的生命之爱不断演绎，源源流淌……

生于宇宙

"人生得意须尽欢"，可见人在得意时，是会忘形的。

得意时就会忘形。得意时不忘形，何其难！

如此，失意呢？据"得意"反类之，失意时，必失形罢。

如此这般，不论得失，形不失色之人，必属不同寻常之人。

所谓不忘与不失，不是不能生出喜悦快乐，而是极致独享了快乐、喜悦之奥义。

夜晚仰观天空，忽发觉渺小若人，亦是"生于宇宙，归于星辰"。

那颗清晰、闪亮的星星，看到的是小小一颗，其实是因为距离我们非常遥远，实际上的它，可能比我们居住的地球还要大得多。

又如，昨晚眼前环镶金边的皎皎之月，距离我们有 300 多个地球直径那么远。

星星与月亮相比，更加渺小，但是实际上，星星可能比月亮要大很多，有的星星或比地球大很多，只是因为星星距离我们更加遥远，所以看起来才更小。

人何其"小"，可是我们依然看得见星星。因为我们同在一个宇宙空间里。

观天之气，而通神明。人生得意或不得意都有，但万万不可失去意。

世间道

人在惊喜时，会不由自主地惊呼："哦，天啊！"

天，是什么？此天，可解读为"意想不到，超乎意料"。当然此处表达为一种超越意想之喜悦。

反之，也呼"天啊"，只是表情不同，感受正好相反。

那么"天"是什么？抬头所见之天？是，也非。天将一切看在眼里；天，永远不语。

这么明确，天，就在上方。人，是活着活着就视而不见，慢慢变得"愚蠢"。

"替天行道"，就此出道。因为发现了世道不公，乃至歪邪入侵，所以要替上天主持公道。此道，为一种稳定运行之社会规则、意志。

可行道之人，是社会的"强者"吗？手握权力，无比自信？是，又非。

自信，就能成事吗？也不一定。坐拥荣华富贵，就是成功吗？对于真理而言，所谓荣华富贵，也是不值钱的，唯有真理，才是无价的。

现实社会中，替天行道，无非是健全社会规则、法治、制度，用以规范、约束、维护、监管社会中人的行为。

替天行道，道，已在心中。道，就是我们存有之境，不必时时忧烦未来。

于个体而言，道，亦为气韵流动，形而上者之道德涵养。精神，永远是生命之主宰。

寓言

较有好感的演员演的影片，去影院依然没看到开头，不会像《人生大事》，再而前往。

今天是所谓的科技时代，故事虽经不起推敲，但是其实也表现了以天赋、资源替天行道的理念。

虽然不是每个生命皆有其既定之目的，但不可否认，大多数在承受这世间的苦难。昨晚又现一新闻，悠然在众目睽睽下采取恶行。

科技普及，一切恶劣的陋行都会迅猛传播，人之世间，好似不堪不值。

来到世间，首先生存是目的，生存而活，亦是生活，生活开篇，是无法选择的。生活于人，常规或异动，因人而异，因人而动。

于生活里觉悟生命，懂得感恩，懂得珍视生命，便是超越了生存，超越了生活。

生活中，好的生命存在，一定是一种充满生命力量的唤醒，满足于自我内在富饶的生长。

生命，是一种能量体，当自我感知到生命力的增长蓬勃之时，可以判定，生命与外界之能量的交换也很顺畅。

替天行道，就是能量之法力在人间的显现。所谓天赋，就是一种先天能量，是替天行道的人的底气。

舞台

人生如戏，生命入戏，台上台下皆是舞台。

看了一部戏，温润沉静。好人缘的男演员，在主演《人生大事》后，又演绎了一出关于黑暗人性的影片，故事发生在东南亚某小国。

纷呈世相，不知何处，某天某某角落发生着不可告人的悚然事件。影片对绝望的渲染，令人不寒而栗。

世间万象，唯心所现。人无非是想追求"幸福"，避免痛苦、苦难。个体幸与非幸，与众多因素息息关联，比如，成长的家庭、个体特质、人格品质、文化教育、周遭环境、目标需求、生活方式、社会关系等，各种因素交织，汇集。

何以善美之人成为待宰羔羊？好好活着，实属不易，美好的是人，像魔鬼一般的也是人。

所谓"门当户对"，是尊严的传承、精神的标准，唯其体现了正确的婚恋价值观。

反之，便是毁灭与消亡。

人类至今，仍危机四伏，自我完善，至关重要。个体生命的有无意义，攸关自我精神的健康。

生命的珍贵，存之于理想状态。个体生命之幸，来自神圣的精神。

由戏窥人性，人生之幸，非多财可至。所谓幸运，来自一种思维的超越、创造。

简而言之：智慧与精神，乃人生唯一的财富与尊严。人间美好，取自自我思维的境界。

二厂汽水

"二厂汽水换成了酒杯"，在歌里听到。

听到时想，喝过的汽水，原来是"二厂"的吗？

从前喝过的汽水，是几厂的不晓得，因为那时候不会在意和关注。炎热的天气里，需要来一瓶冰镇的汽水，多么惬意与冰爽！

火炉城市，顾名思义，热得像火炉。

小时候，夏天的上学路上，会来一根绿豆冰棍。年龄再大一些，有了比绿豆冰棍、奶油雪糕更解渴、更冰凌凌的汽水。

据说现今的新火炉城市又有了移位更新，《天气预报》说北方高温达到了新的高度，南方北方之气候变化形成一个新的振荡周期，气温呈增长趋势，北方一路飞扬，后来居上。

城市化的进程越来越快，消耗性能源的消耗迅猛，温室效应更加严重，物候期提前，冰川消融，全球气候不可阻挡地变暖。

夏日的到来，喝过的汽水，曾经一城一饮，霸领一域，但不久之后，可口可乐等外来之饮强势侵占，城市里的汽水不再独享青睐。

昨天，收到了这瓶汽水，三种口味，喝了一瓶橙汁味的，边喝边想，冰镇一下味道会更好。

物质丰富，人们对食物不专情的年代，或许稍稍的遗憾正是万物走向丰盛的因由。

"六月荷花香满湖，红衣绿扇映清波。"六月时光，温高酷热，走向荷塘，荷露珠雨，迎风惊翠。

如果此时有瓶记忆中的汽水，不管冰不冰，我想都是快乐的。

端午魂

"历史并没有真正的科学价值，它的唯一目的乃是教育别人。"乔治·屈维廉在《克莱奥——一位缪斯》中说。

端午将至，再次论屈原和屈原精神。

人是有性格的，首先，此性为天然赋予的独一无二之心性，后又由生长环境、所受教育等养成。

性格，会外化为典型的行为。性格，决定着命运的航道；性格，是人存于世间的标志与象征。

屈原的性格、受的教育、崇高情怀决定了他的选择。

一件事，一个人怎样对待，怎样作为，表明了人之性、人之品、人之追求。

人在关键时期采取的重大行动，反映了他对客观现实的态度，此"度"为一种生命的宣言。

生命有无意义？生命的意义，就在每一个人的性格中。

现在，尽管人人口无遮拦，但于光阴蹉跎中，仍可以发现普遍性症候。

当我们会用语言的时候，虽然人性普遍为"江山易改，本性难移"，但是，个体的差异形成了整个世界。

世界浩瀚无垠，人性遵循普遍规律，然而，世界不是一个模具。情绪，是人在世间的晴雨表，情绪亦即性格的表达。

由人产生的人文、历史，都来自缤纷的情绪。情绪，在时空里演绎成稳定的性格。

其中自然存在优劣、美丑、好坏之分。

传说赛龙舟，屈原在世时已有，因为楚国有江有水。余光中说"蓝墨水的上游是汨罗江"，汨罗江，成为屈原的化身。

昂首问天的屈原，徘徊江岸，走进历史……

雨拍江水岸，清波滔天浪，龙舟矫捷竞，魄映端午魂。

疾风少年客

地上人间，越是看来可以理解，就越显得毫无意义，有的人的人生真是场闹剧。

子贡曰："有美玉于斯，韫椟而藏诸？求善贾而沽诸？"子曰："沽之哉，沽之哉！我待贾者也。"

叫卖之声，越演越盛，昨日开心的锣鼓，敲出一阵"好日子"。歌者无论如何也不会想到，"好日子"用在了这个地方。

"今天是个好日子，心想的事儿都能成；今天是个好日子，打开了家门咱迎春风。"

明天夏至，后天端午，确实都是好日子。夏至立于中夏之位，阳气茂盛，热火积蓄，空气涌流，风雨骤来……

"东边日出西边雨，道是无晴却有晴"，描写的就是夏至前后的天气。就在刚刚，天边的水彩涂亮了今天的日子，夏天令人喜悦的，就是来一场纷纷飘洒的雨水了……

好日子中的雨水，仿若生命中的一位疾风少年客，追风而来，带来惬意、滋润、灵动。

今天是个好日子，心想的事儿都能成，快乐少年，路遥马急，踏歌而行，逐梦年华。

引力非引力

从文博会上带回一个地球仪，当时参展的人说，这个地球仪，是卫星航拍影像的地球颜色。

地球人都知道地球是圆的，对于没有离开过地球的我们，这个圆，就在地球仪上。有人根据牛顿的万有引力定律，推论出地球是靠引力起源的。

地球是有磁力的球体，地心会产生巨大的引力，把地球上的一切物质都牢牢地吸引着。此力谓之"地心引力"。

既然物质之间，自然存在引力，引力是物质的本质属性，反之，也自然存在非引力，即排斥力。世界运行状态的平衡，即由此规则维系。

人于其中，人之思想、行为、意识，自然属造物主所创。于人而言，思想精神散发出的引力，亦符合牛顿的万有引力定律。

这世间的一切发生，偶然或运气，遭遇或不幸，亦如古人所言："人而好善，福虽未至，祸其离矣。人而不好善，祸虽未至，福其远矣。"

如违背，摒弃基本德性，为恶作恶，触犯法规获取想要的东西，即便一时得逞并脱逃惩罚，但是已然埋下灾难祸患。

前两日，有人谈到"某凡"要服多年刑罚，而后还会被驱逐出境。我问他，好似一部剧浓缩后，你以上帝视角，在极短的时间表内就看到了结果，然后有时光机再轮回到"前程美景"，你还愿意拥有或选择他那样让人"羡慕"的生活吗？他回答："不愿意。"

地质之形貌，非一日形成，累积、凝聚，皆非一日之力。物质运动从未停止，万有之引力、作用力与反作用力一直存在，结果看起来是因为时光的偏颇，其实是因为从未偏离。

地心引力，思想之力，如若思想美好，那么希望是什么，或者真的就会成为什么。

雨落倾城

云在青天水在瓶。此一刻，雨落倾城，雨水滂沱……

云和瓶，一个高邈超脱，悠游自在，一个立于眼前，随意摆放；一个需仰望遥望，无限想象，一个拿得起，寻得见，水浅声响。

"千江有水千江月，万里无云万里天。"

有水就能映出天上月，无云就可看到万里天。自然景象，简洁，明朗。天空和月，永恒规律，水和云，赋予变幻。云是天上水，水是前世云。

水，生命之源流，任谁也离不开水。

林妹妹是水做的，她是清清柔柔的水。

水和了泥，即水泥，水泥，无法映照天上月。所以望月，唯在天空，唯有千江。

除非，似水澄澈，似水宁静，似水清波，似水年华。水映青山，水映蓝天。水酿之酒，酒香水洌。水声潺潺，上善若水，水润万物。

要想心旷神怡、水润饱满，皎皎此心可问天，脉脉相望水云间。

生命的线条

是否发觉世界的不一样？新奇的景致，是由光构成的。

光，构成了世界。光，是东方哲学里说的气流运动现象，也是现在大家都已认知的宇宙中能量的传递与显现。

比如，我昨夜凝视中的月亮，盈盈似一位圣洁女子横卧的光洁头颅，光华夺目，熠熠辉映于蓝色的天幕。

比梦幻更美，比艺术更美，比显赫的声名更加让人欣赏、迷恋。这样，这时，这刻，可否汇聚成无限光波？

远长，永恒，可以有。至少在某一个时段，可以留存，因为世界原本由光形成。寻觅到光源，可以融汇、灌溉人心。

前晚晚餐时，有人说我还像个小姑娘一样。晓得他指的是外表。世界那么大，新颖与新奇的，为何不能是自身呢？

时光中的韵律，勾勒着生命的线条。昨夜神奇的月亮、天赐的一切光耀予以的启示，比精雕细琢来得更加唯美。

士农工商

读书、种田、做工、经商，谓曰"士农工商"。

士农工商出自号称"春秋第一相"的管仲所写的《管子·小匡》："士农工商四民者，国之石（柱石）民也。"其后，西汉淮南王刘安和门客编写的一部著作《淮南子·齐俗训》曰："是以人不兼官，官不兼事，士农工商，乡别州异。是故农与农言力，士与士言行，工与工言巧，商与商言数。"

农业，长久以来，为农耕社会的经济基础，军马粮草，食为首要，排在前位理所应当。

士，古时指有知识的人，走上士大夫阶层的官员、学者，以及此类储备人员。

民间谚语"万般皆下品，唯有读书高"影响千年，中国人历来视读书入仕为正途。

孔子弟子子贡，善辞令，事理通达，富甲一方，不仅文化修养很高，外交能力、商业能力都非常卓越。

《史记》中记载他让"五国巨变"的事迹："故子贡一出，存鲁，乱齐，破吴，强晋而霸越。子贡一使，使势相破，十年之中，五国各有变。"

于此所见，集聚超级能力的子贡，在"士农工商"里占据首尾二项。孔子周游列国，也得益于子贡的资助。子贡在官场上叱咤风云，又富可敌国。

孔子称子贡是"君子爱财，取之有道"。

关于士，《论语》曰："士不可以不弘毅，任重而道远。"极佳地诠释了"士"应具有的必备素养。

时间穿越，到现在，语录"倍"出，如"时间就是金钱，效率就是生命"。改革开放后，经济迅猛发展，时间和效率至关重要。

经济时代的成长、发展，社会人员流动性的增强，古时所谓的"士农工商"，早已成为典籍中的历史。

财富，自古以来都是人类所追求的，至今，更是主要的追求，因此，东西方财富榜单的出现，名正言顺。

孔子曰："富与贵是人之所欲也，不以其道得之，不处也；贫与贱是人之所恶也，不以其道得之，不去也。君子去仁，恶乎成名？君子无终食之间违仁，造次必于是，颠沛必于是。"

"士农工商"，古代封建社会的阶层分类，或是为了稳固统治。

一部国庆档的涉黑影片中，阴森之人说出的一句台词——士农工商，画面"涩黑"，恐怖又让人鄙夷。人和人之间排序，以"大"欺"小"，欺软怕硬，全是不地道之人、不地道之俗心，充满算计。

世间是否有捷径？在降妖除怪之外，降伏俗心，方可见真正坦途吧。

绝非小事

时光美化生命，还是将之逐渐腐化？

悸动的风，绸缪酝酿瞬间，是寻常所为，还是灵动创想？

事物的发生发展，怎就演化成一场确凿转移的荒诞不经？

凡事的因果环环相扣，想要无懈可击，还得自身过硬。

《六祖坛经》说："一切福田，都离不开心地。"一切疾病，皆为心生。一切败坏，不离腐朽。

《黄帝内经》说："岐伯曰：忧思伤心；重寒伤肺；忿怒伤肝；醉以入房，汗出当风伤脾；用力过度，若入房汗出浴，则伤肾。此内外三部之所生病者也。"

当下处境，在乎起念相随。比万物都诡诈的，又怎同万物一样坚韧？

区区之身，垂垂老矣，所谓之财，造福北极？

小眼鲶鱼，视力薄弱，贪食无厌，惧光昼隐。

平安健康，人人祈求。时光的前方，依然四季轮转。健康事关贵贱贫富、利害得失，不健康，可能会让人日暮途穷、万劫不复，绝非小事。

核心优势

人存世间，感觉着越来越"好"，一切好好的，很难吗？

自作主张的心弦，一念连天堂，一念接地狱。

念之起，与认知关联。我们该如何保有清醒明晰的头脑，去认知这个世界，辨识世界上纷纷扬扬的事与物？

不受外界干扰与影响，确实很难，但也可以越过波澜，沉潜于内，萌发觉悟，气定神闲，安然自若。

万物皆象，循环往复，本质存在……

让生命在自我修养中充盈，豪横有多横，看见与不见，毫无要紧，紧要的是生命中真实、稀缺的焕新与生发。

个人的核心优势在哪儿？当然是自我生命的本体，明朗、清澈、安然。

生命，属于物质运动的高级形式。但有人宁愿"付出"生命的前途，"配置保护"，享受财富的"钱"途，使其生之力丧失了其自我调节、自我更新的能动力。

所谓"谋定而后动，知止而有得"，是得与非得？

然而，《孙子兵法·始计》开篇即写道："兵者，国之大事，死生之地，存亡之道，不可不察也。"

不可不察的"兵者"，但总有人将之当成一己私欲之作，终成反面教材。

人间四季，万般计谋皆小术，唯有信义是真理。

愚蠢

爱因斯坦说，有两种事情是无限的，第一是宇宙，第二就是人类的愚蠢和邪恶。对于前者，他没有把握，因为宇宙是否无限不好说，但是对于后者，人类的愚蠢和邪恶是无限的，这个他是有把握的。

于此可知，人要有自知之明，是多么难得。

愚蠢无限，反之，聪颖智慧是否也无限呢？

爱因斯坦还说，天才和愚蠢之间的区别，就是天才是有极限的。

如此而言，智慧没有无限，只有多寡。

由此反向而论，所谓愚蠢，其实也不见得有多的无限。那么毫无底线的属于什么呢？

德国神学家潘霍华，柏林大学的著名教授，认信教会的创始人之一，因参加反对纳粹主义的运动，计划刺杀希特勒而于1943年3月被拘捕。他在纳粹监狱中写道："愚蠢是一种道德上的缺陷，而不是一种理智上的缺陷。有些人智力高超，但却是蠢人，有些智力低下，但绝非蠢人。愚蠢是养成的，而不是天生的。"

在第二次世界大战即将结束前，他镇定从容，昂着高贵的头颅走向了绞刑架。纳粹党头目希特勒于不久后自杀身亡。

他临终的遗言是"这就是人生的末途，但对我来说是生命的开始"。

他在生命壮年以澎湃磅礴的对至高生命的感知，向世人解析"愚蠢"带给人间的毁坏性灾难。

养成的愚蠢，坚如磐石。愚及普罗大众，更创新高。

在有限的生命中，永远葆有来自觉悟的底线，方能迎来希望与获取，迎来意想之外无可估量的生机。

天道酬勤

天道酬勤，谓所有的努力都会有回报。如此这般吗？

问题是，酬勤，酬的是合于天道的勤。

为什么有些"坚如磐石"最终不得以善终？是酬，还是抽？

首先，要看行为是否合乎天理道义之坐标。

一切的行为，离不开道途。道途，代表着时间与空间，人在时间与空间里行进、演化，生涯的进程，充溢了属于自我的时空。

日月星辰、风雨雷电、河流山脉、空中气韵，生成万物，盈满天地之间。

天道酬勤，所谓道，是让自我坐标和宇宙自然产生智慧联结的某种介质。

酬，是对人的付出的珍贵馈赠与回报。

生存之道，即"天"蕴含之道，非具象的实物实体。

国人自称为龙的传人："古老的东方有一条龙，它的名字就叫中国；古老的东方有一群人，他们全都是龙的传人。"

人，生于天地大自然，是大自然之子，应信仰自然馈予之道，与天地间拥有之精神往来。

实践方知生命真谛，勿负季节流转、云朵飘浮、星光闪耀、月华如水、江河奔涌……

力量

山茶花儿，终于开出了一朵，是营养不良吗？不几天就是渐渐萎靡的样子，为何一边结出新的花蕾，一边又迅速蔫了呢？

是不是树干缺乏供给的力量？拥有力量，才能开出花蕾，需要力量，才能灿然绽放。

而后在风雨中摇曳，接受洗礼，这一切境况里的存在，都需要足够的力量。

娇嫩的花朵，传递着美，在看不见的空间里，蕴含着一种完美的天然能量。

枝芽上新的花苞露出了点点的红，你看着它，仿若听见它微微的倾诉："你想让我盛开，你要予我力量。"

花儿的行为与行动，就是要开放自己的本真模样，此即属于花的意志。

花树，天然生长于适合自身的土壤，植物的生长离不开气候、光照、土壤、水分等因素。

植物习性与生长条件契合，气韵调和，它才能安然地生存生发，进而传递自身的独特之美。

那么力量，就是这一切。再重复一遍，就是气候、光照、土壤、水分等等。

其中之水，还非我们人用的自来水，自来水简洁便利，奈何，对于自然的花草树木，却不是最好的水。

缺少了最好的水，这棵花树，自然也缺乏了最好的力量。

最好的水，唯来自一个地方：天上。

任何生命，生命呈现的美感，离不开健康、活力。

活力，即为背后力量的源泉。

着力即差

"着力即差"，据说是苏轼人生最后的一句话。

"着力即差"，表达了他对生之涯的一种极致领悟。

领悟，是一种什么觉悟？领悟，是否来自人们常说的"踏破铁鞋无觅处，得来全不费工夫"？

费工夫，就是要下功夫，然而下了功夫，是否一定会得偿所愿？

不一定得偿所愿，期之越大，失之也可能极大。

生活中发生之事物，兼具突发性、独特性、不稳定性。

"明知山有虎，偏向虎山行"，除却不得不行的理由，还有重要的因素：一定具备了着力之处的虎胆力道。

"着力即差"，是指不要用力吗？智慧如苏轼，自然不是这意思。着力，还需富有胆力，力量心性，顺势而为，符合自然规律。

"着力即差"，于今日之世，有诸多例证。比如一些原本漂亮的女演员，上了些年纪后，为了永葆"青春"，就"着力"，然而出现在荧幕的形象，常常令观者唏嘘。

现代科技，相生相伴，不知是否会成为人类生活中的良药。近日传来消息，一位罹患渐冻症的患者——某企业原副总裁，患病四年来首次用药成功。他战胜疾病的精神与不懈努力，激励了无数人。

医学的突破与奇迹会否出现，尚未可知，但至少他"相信"的力量，是这个时代的榜样。

短的是名利，长的是人生。着力与否，还要视具体情境而定。

生活需要良药，最好的药，依然来自自我精神的力道。

青春的生命，与生命的青春，永远的源流，是生命的深泉之涌流。

眼睛

光明、黑暗、模糊不清，都是眼中的景色，是世界呈现的本质的模样。

光，如何流进眼睛里，取决于你的眼睛看向哪里。

眼睛，是我们身体的灯光。灯光是否明亮、清晰，取决于对光之源的不断向往、寻觅。

今晚的月光，在哪一个方向，北方或者南方？天空就在上方，抬头仰望，天上的光源会予你惊喜。

不论是哪一个方向，光晕点缀着天空……

太阳、月光、星星、云朵，描绘出的，是天堂，也是人间。

身体的光，来自明亮、纯净的眼睛，眼睛有光，肢体才有平稳的支点，眼睛看向哪里，造物即生在哪儿。

所谓造物，是人的任务，物质的、精神的，都为可造之物。

与宇宙、世界相通的路径如何寻找？需要一束光，一盏灯，一双倾注于天空的眼睛。

锦上添花

锦上是否添花才更美，也要视材质、其他因素而论。

打开衣柜换装，看见去年买的新衣，洁白晶莹似锦，触目红花一朵，锦上添花，花又似锦。

衣是人穿的，非为穿在身上，只为展示锦上工艺。一冷一艳的明媚绣色，洁白的清冷，红韵的艳丽，是否像极了痴迷与不羁之人生？

南方夏天的服饰，简洁，时尚，干净利落，图案花色已然少见上身。明媚阳光里，天空的无尽藏，仿若就是世间目光看见的最精美无垠之绣域……

锦上添花，个人的富饶与饱满，非在衣之锦，亦非衣锦之花。

锦上添花，会否于瞳壁开出美丽的花卉，悄然绽放，于时光里轻描淡写……

花影粼粼，时光性情，入神入境，锦上添花。

正与邪

常常，正与邪，看之不见，唯可感应。

当邪灵附之周遭，腐朽恶势滋生且蔓延，如一场需要进行保卫的战争，区区躯体，非有钢铁之固，如何抵挡得了呢？

往往，正与邪的博弈中，关键之处，要视其体质之内，是否存在无懈可击之"优势兵力"，凝聚汇集，气脉之域，抵御外邪。

允许发生的事情，是否超出了我们的认知界限。界限之界，向往之至的磐石之安，未尝就一定遥不可及。

凡虚乏无力之质，自然限制了眼界。一根轻盈飘逸的羽毛，展翅空中飞翔之时，应该允许可以有不可一世的弧线悠扬之权利。

羽毛，长在鸟儿的身上，象征着飞翔的自由美好，优雅风致……

空中之鸟，天空气流中，自我调控，能力反应，气质气韵，相互协调，和合之美。

永不消逝

每个人都要为自我的行为承担后果，何为有太多的抱怨呢？

殊不知，所谓怨，实在就是一种攻击、毁坏、腐化自身的病毒、霉菌。

电影《肖申克的救赎》里，男主角安迪被冤枉杀了人，判终身监禁，被关到一个叫肖申克的监狱。监狱的日子对于正常的人而言，都是无法想象的磨难。

不信，看看被关押的贪官，有多少丑恶行径，就有多少忏悔，官前狱后，如何会是一个人呢？可见，生而为人，素质、认知多么重要。

狱中的安迪，以及其他还能闪耀着人性光泽的人，希望与自由，是他们共同的渴望。

漫长难挨、受尽折磨的狱中生活，安迪经历二十多年的自我救赎之路，最后越狱成功，他的形象，充满光辉，坚韧执着的性格，让人肃然起敬。

虽然，"年年岁岁花相似，岁岁年年人不同"。芸芸众生之中，每一个个体或许都微不足道，然而，既然存在，就要有自我意识，能够自我救赎，应该拥有独立的精神、永不屈服的意志。

"希望是美好的，也许是人间至善，而美好的事物永不消逝。"

永不消逝的，岂止是天长与日久！

迹象昭昭

坚持了什么，便能成就什么？不论成就了什么，至少基本可以成就自我。

到底成就了什么，月华似水的光阴，会与你言说，让你懂得。

唯愿我心自如，是否，如是？如是，即是成就。

灵魂之恣意浩荡，何尝不是成就中的回音。诗意绵绵的秋景秋色，弥漫着澄澈的灵魂。

秋夜天空，云彩濡润，空气清冷，梦幻翩翩……

世间事物，世间人物，喜怒哀乐，是否如意？予意如心，视之如何赋予。

不被外物扰，守望本质本真，越过诡秘迷惑，方显神之途径。

所谓人生，会于守护与坚持中获得精彩，仿若季节里自然流泻之美景，会让人大开眼界。

有所成就，在其始终，在其坦然，在其迹象昭昭……

谛听

世界的浩瀚辽阔，天才的泰戈尔这样认为："世界对着它的爱人，把它浩瀚的面具揭下了。它变小了，小如一首歌，小如一回永恒的接吻，是大地的泪点，使她的微笑保持着青春不谢。"

世界的轻声细语、窃窃私语，需要我们静静谛听……

谛听，不光是简单地听。谛听，它还是神话中的神物，此物是九华山镇山之宝，传世之文物。

谛听形状，为一独角兽猛然回首，神兽寓意为世间人人想得到之吉祥"九气"。

尽人皆知的《西游记》中，上天入地、勇猛无比的美猴王孙悟空，对"谛听"也不得不心生畏惧，因为"谛听"对过去、现在和未来，无所不知。

浩瀚的世界在何方？雨果说过："世界上最浩瀚的是海洋，比海洋更浩瀚的是天空……"

比天空还要浩瀚的，另有一个地方。

谛听，浩瀚世界中的奇迹之音，让目光永远清澈，微笑青春不谢。

专注

许多的鞋，买回试了试，却一直未曾穿过，依然在鞋盒里。为何好长时间以来，只喜欢穿这一双呢？

轻便、舒适、美观，自然是这样。鞋在脚上，不论行在何条路上，都是舒适的。行的进程感觉不到它的存在，配衣出行前一瞥而过，和每件衣服都和谐。

鞋，首先要注重在行走中保护脚，然后材质，然后外观。如果鞋不舒适，不仅脚知道，整个身体都是知道的。

买这双时，还买了另一双，外观而言，当时更喜欢另一双。就物品来说，有的一看就是漂亮，没穿过的那双是这样。但穿上这双后，已然忘记了另一双的存在。

以前买鞋，首选外观合意，试上后不太舒适，也会认可营业员所说的"适应适应，穿一段时间就会合适的"。

需要适应而适合，实际上总会存在一些不适合，比如鞋跟太高，而我不缺高度，但也不喜欢完全平底，平底又不会太好看。

一双舒适的鞋，始初行进之程，让你感觉着好，而后是让你毫无感觉。

路在脚下，路在前方，有所感觉的如果还在衣饰上，那不是衣饰有问题，一定是人有问题。

鞋穿于脚，珍珠戴于颈项。写到这儿想起今晨，将忘了好久的银蓝色"真多麻"和两条小白珠戴在了颈间。

庄子说："忘足，履之适也；忘要，带之适也。"忘，无意为之的忘，是自"舒适"中衍生的另类专注。专注何物？自然是身体饰物之外的其他物与质。

盈盈之声

风起时，树叶的簌簌之声，是树对风的诉说与致意。

风起时，水面飞舞的浪花朵朵，是水回应风的舞蹈之韵律。

风起时，簌簌，簌簌，能否聆听到自己体内，血液奔涌的声音？

仿若万马千军奔腾，势不可当，热烈而浩瀚。

是否，生命以它独有的方式为人送上的一曲交响赞歌？

屋檐之上，夜光之中，那颗最亮星星的眼光，刚好闪落在她的身上。

正午阳光洒满白纱，飞机轰鸣声声，由远而近，由近而远，好像世界的心都在跳动。

如何将意识、瞬间一闪的灵光，化入思维之境，涓涓流淌？

自我觉知的能力，首先离不了活跃的身体细胞，发展它们，为之输送足够多的氧气分子。

氧气，不仅能维持天上地下一切动植物之呼吸，它也是火箭的推进剂。

人体的功能循环作用，皆因有氧。但氧主要存于空中，人力造氧只能解决很小的问题，不具有普遍而广大的作用。

你听，你听，风起之时的"簌簌、簌簌"之声。

与众不同的心理学家

心理学家病了，说话声音沙哑，因为要控制病情，他在吃一种药，药物带来极大的副作用。

他说 8 月份从新疆回来后，就不停地咳嗽，回到苏州就去医院做了各项检查。

心理学家生病以前，是位健身达人，每天都要去专业健身房进行至少一小时的健身。肌肉发达，身形健挺。

用药后，各项副作用显现，饭量大增，晚上睡不着觉，身体抽筋，等等。

他说一切他都接受了。他说："半夜睡不着怎么办？写诗，听哲学，听历史，听文学。人的一生度过这一段，不是很有意义吗？"

医生给他做了派特 CT，对他说："你所有地方都是有病的，就是这个大脑，18 岁。"

他说，这是他一生最难最难的考验，原本他是个极自律的人，非常在意对身体的管理。

现在因药物的强烈副作用，大脑管不住嘴了，那就放开了吃吧，把这段时间度过了再说，用一颗单纯的心、确定的意念，在这一段时间里，随心所欲。

他说，三件事情不要耽误就行了：学习、工作和思考。

他还说：如果他真的要死了，他会让他的学生来到他的床前观摩他是怎么死的。

他是位与众不同的心理学家，最喜欢一部电影《勇敢的心》。

与众不同的勇敢精神，让他能坦然面对生活里所发生的一切。

他曾说过，能收到他人的真挚祝福，是一个人最大的荣耀。

生命影响着生命，他用专业、思想、行为，实践着与众不同的生命之荣耀。

物竞天择

"鹰击长空，鱼翔浅底，万类霜天竞自由。"

万类是否要除却某一类？这一类如果获得所谓"自由"，怕是不知所措。好像人人都想寻得自由，然而，如果没有一颗真正"勇敢的心"，又如何享有自由呢？

物竞天择，生物的行进之程中，存在着进化、变异。人的信息之累积，随历史发展不断增加，不知不觉中，发生着匪夷所思的变化。比如，人的问题，或将是时代最大的问题。

"鹰击长空，鱼翔浅底"，鹰和鱼，都不会有它们的问题，只要有高远的天空和清澈的水域。

人在经验中学习，在历史中学习，在实践中获得技巧。活学活用被视为灵巧，然灵巧非灵窍。

人生得失，所谓富贵权利，也不过是"粪土当年万户侯"，不如"指点江山，激扬文字"。

如今，阳光普照，心情安好。无论是影响无数人的人，还是影响少数人的人，都可以永远在进程之中探索。

鹰与鱼，在人的眼里，永远都会存在。不知它们，于行进中得到哪些进化。

它们以它们的方式度过生命，是否是对物竞天择最好的诠释？

相信

世间不快乐的人那么多，想必他们都是"聪明"人吧。

电影《阿甘正传》里，简单纯粹的阿甘，有智商缺陷，但心态乐观，能义无反顾，勇往直前。

阿甘的人生，很传奇，但电影要讲述的，是关于一个人的人生态度和不断自我超越的故事。

即便没有奇迹的发生，生之意义，已然是不同的。

是的，唯有不断自我超越，人生才具有意义和快乐。

看到蔡磊和太太在台上，主持人问他太太有没有崩溃的时候？

她笑意吟吟地说："没有。"坐在旁边的蔡磊马上跟着说："我也没有。"

好感染人的夫妇，恰如其分，恰如其人。

人，生而不同。"聪明"和聪明，有着天壤之别。

即使面对无可抗拒的遗憾，也要相信希望，用尽力量地活，好看地活，永远葆有快乐的能力，这才是活着最好的样子。

生活，聪明的人更有精力、能力去过好，不是更应该安心、自在吗？

灵感与智慧

有位凤凰卫视娱乐节目前主持人，近些年转向对国学与中医的研究，前不久听说他与一位中医对话，且将对话整理成书出版了。

那位医生说，了解人体解剖学的都知道，一个人心眼的大小，是天生的，谁也别想变。看人心眼大小，就看人的胸阔的角度。

角度从 60 度至 180 度。他举了一例，他亲测某人胸阔，有 180 度，此人果然睿智通达，胸怀非凡。

昨日新闻，与投资界传奇人物巴菲特形成"神仙组合"的 99 岁的查理·芒格去世，巴菲特在声明中表示，没有芒格的灵感、智慧和参与，伯克希尔·哈撒韦公司不可能达到今天的地位。

他们于 1959 年初次见面。伯克希尔·哈撒韦公司是他们共同运营的公司。

巴菲特还说，是芒格教会了他伯克希尔·哈撒韦公司的关键投资哲学，即"以合理价格买入优秀的企业"，并形容两人的关系是"他是设计师，而我是总承包商"。

在他们 56 年的合作中，巴菲特说："我们从未发生过争论，当我们存在分歧时，芒格通常会这样结束对话：沃伦，仔细考虑一下，你会同意我的，因为你是聪明的，而我是正确的。"

聪明的与正确的相遇，难怪巴菲特一次又一次地、不遗余力地夸奖这位一生的黄金搭档。

按照人体解剖学的说法，胸间又宽又高又厚的人，必能成大事。如想要成就事业，须先摸一摸自己的胸阔，看看是否超越 60 度，接近 180 度。

一切皆是科学，所谓"宰相肚里能撑船"，意指人的宽宏大量、豁达大度。而实际能否"撑船"，现在看来，还要视胸阔之角度是否达至完美。

灵感与智慧，从何而来？自然天生、知识汲取、命运角色交织，一个也不可少。

星星

昨晚，云层薄罩天空，淡淡云影悄然变幻之间，那颗永恒的星星闪耀而出。

好多回都是这样，习以为常了吗？从来没有，每一回都令我欣喜，让我惊叹。

每一回，都是如此出人意表。出人意表的又是什么？新颖的"触目"，频率的"共振"，欲语还休，沉静中永恒的音符。

星星夺目的光彩，晶晶莹莹，祥瑞天空，云影倾动，投影于双眸，如心所愿，如云所幻……

"天地有大美而不言，四时有明法而不议，万物有成理而不说。"《庄子·知北游》说。

自然，天空，景色之壮丽，无须言语的渗透，相行、相知、相惜之生命，活力与源泉不绝。

在感知中发觉的美好，时刻环绕，触目可寻，气韵生动，盎然而富有生机。

浩瀚花园

如果将世界形容为一个浩瀚花园，花园里各种各样的、认识的、不识的品类，样样新鲜，美丽绽放，芬芳迷人……

这些花儿中，有没有曾属于自己的，某个时光场景中，你看见过，知晓它，了解它的秉性？

你见过的花儿，你注目过，瞳仁中留有它的影像。

有一天，你在浩瀚花园中用同样的目光寻找到它，你知道了，它，就是你的花儿。

你的花儿，在这样一个浩瀚花园里，依然绽放得新颖，保持新鲜，迎风摇曳……

浩瀚花园里，美好的花儿，韵致盎然，蕴含着无限流淌的脉脉相承之韵律。

你的花儿，依然清新如初，绿叶青翠，枝条舒展，宁馨灵动。

子曰

随心所欲，非为所欲为。

子曰："吾十有五而志于学，三十而立，四十而不惑，五十而知天命，六十而耳顺，七十而从心所欲，不逾矩。"

卓越至影响世界的孔子，七十岁才以为可以随心所欲。定是他老人家在所处时境中的超凡之觉见。

现今参照比之，想是应有所不同。如，现今剧名，"三十"可以"而已"，"二十"已然"不惑"。

那么三十是否而立？四十或正好反之而惑？七十呢，周遭看看，往往还就不得以"从心所欲"。

千年时间，转瞬即逝，时代已然变迁更迭，公元前好几百年的先哲，生命之长度超越70年，以一生所感而论，是学而思，思而好学之智慧。

他老人家，春秋时期之人，那时，据传人的平均寿命是 29 岁，女子寻常为 14 岁出嫁，15 岁可以生孩子。

超越 70 岁的生命，多么的任重而道远。生理精神，重重关隘，山高路远，漂泊于道路，遍城钟鼓……

如果他老人家，超越 80 岁，后面还会说什么？

有些人，任重而道远，道虽远，却不怕远。

当然，怕与非，还要视天赋之体力。

冷静与热烈

天凉了，怕冷吗？

昨晚，购买了两件薄款大衣，一件白色，一件紫色。其实这儿能穿上的时间，可能只有几天，或者几天也没有。

我喜欢南方的天气，明媚动人，光影绚丽，天空像画一样，或者实在比画更美更好，灵动而有气韵。

哪幅画也没有如此景致，没有这样生动、无与伦比。

当然，你必然要爱上这片天空，天空的每一朵云，你才能够发现它们予你的饱含着浓郁深沉情意的意境。

道路上绿意盎然，空气里温润如玉，微风轻轻吹拂，仿似亦在寻觅……

专注一瞬，是否掌控了新的时刻，新的意思？新的时空，由此凝聚而生。

有人说，冷的地方，人的气质比较冷静。冷静，就可以深刻，深刻，就可以出思想。

是否这样？我认为未必如此。此寒流之冷非冷静的冷，身体如果因冷而冻僵的话，体内循环系统无疑会被损伤，甚至会对人的神经系统、呼吸系统产生不良影响。

环境温度如果接近人的体温，亦会让人烦躁；而温度太低，身体会颤抖，心率减慢，亦会导致体内传导阻滞。

思维，是一个循环系统内的循环过程，是以对生存环境的认知、感知为基础的，但又超越感知的界限。

形象思维、抽象思维之外，更有一种需要灵性参与的思维，此思维即灵之感觉。

人体功能产生的微循环，是生理性机能，要能健康运行，方可发展出更高阶之精神性；当微循环有障碍时，脑细胞即会缺氧。

温差变化大，低温状态下，唯有注意保暖，不生病，保持身体强健，使体内循环系统顺畅运行，方可区分冷静与热烈。

认知容量

天冷，身体更需要能量，才能产生动力。身体的能量源于基本物质体的供给，主要为日常食物。食物皆为自然孕育、产出。

身体，非为容量均等的容器，每一个个体，容量皆会有所不同。

身体，通过食物的供给之后产生能量。一天的行为活动要消耗能量，消耗到哪里了呢？食物变成能量，它又如何在个人身体之内化合、转化，输送给大脑、心室？

每一个个体，作为一个自然属性的能量体，是有极限的。身体获取能量，在今日社会，再也不会出现"所愧为人父，无食致夭折"的悲惨状态。

当然，享有千古美誉的"诗圣"杜甫，虽严重缺乏了能量的来源，但心性精神的自生能量却如此之强大。

人，食物，人与自然界的一切都在精神中。能量，皆为互生之能量，彼此之起伏，构成精神现象的延伸……

世间万物，人生百态，一切始于自然，据说能量持守的总量为恒。造物之生机，雨露甘霖，自然恩泽，内养正气。

作为"万物之灵"的人，以聪明、智慧汲取大自然的一切。非生食物之能量，亦哺育、滋养着我们。

提升认知，在能量守恒的世界获取更高维度之能量，这是人生更高阶的任务吧。

道理

人人都懂道理的今时，透彻现实的"语录""倍"出，引发众人的共鸣。

所谓成熟，即圆通与实际。混圈子，即融进想要的人群，获得想要的生活。生活主要受财富多寡影响。生活得好，就得实现财富自由。财富自由，有各项标准。

不知谁说的，"退出人海做一个旁观者，会使你懂得一些别人所来不及发现的道理"。

来不及发现，大概就是离开了人云亦云，不受外界干扰，而独自寻觅、发现生命本体的新鲜与有趣。

何其有幸，自我有记忆以来，与医院无缘。喜欢雨声，喜欢明媚的阳光，"阳"声阵阵之时，我也未"阳"，或者因为此阳非彼阳吧。

夜色里凝视浩瀚天空，云影合一，心星不二，凝聚佳境，谛听渺渺……

冬至22

一年中的第 22 个节气，恰好在 22 日。

22，定是一个奇妙的数字，奇妙之处，连着人生。

从前，与外界相连，唯有一路车，就是 22 路。之后，22 岁之时，来到南方之南。写到这儿，蓦然发现一个叠加的景象，原来是这个"22"，我的 22 岁。

"22"的奇妙，着实后知后觉，一直至今日这个冬至的 22 日，才相互连接起来。

4 年前，"22"意外而来：因缘际会，安家刚好在 22 楼，面向南海，面向浩瀚的天空……

今日看来，如始之初，相生相融。

22，像是飞翔的姿态，也可想象为天空中的一场舞蹈，律动、变幻，神秘又神奇……

今日，22 日的冬至，真是这个亚热带南方最冷的一天，能让人瑟瑟发抖的冷，清冷，不似往年。即使如此，也没有穿过羽绒服。

22 日的冬至，冬意浓郁，夜幕沉浮，藏气至极。

后记

我思，故我在。

生命的路途之中，个人"存在"的意义，如果不进行思考、理解的话，你是否存在，其实是一个问题。

正是因为思，才让我们感觉到自己与世界的关联；因为思，才感觉到生命的成长。

《思与在》的创作，历经三年时间，是近三年时光里作者思想之随笔。因为"思"，而知"我"的存在，且于此时空镜中，不断深入觉知个体生命的增长、涵养。作者通过对世界、自然、社会和人生诸多问题的观察和思考，于"思"的深入进程中，感悟到"人生其实是一场生命的修行"。意想不到的收获产生于思境中，使生命充溢着美好与欢乐。

生命的意义，就在于思考、找寻与实践。寻找、追寻的旅程，就是生命扬帆的过程……

希望本书的内容，对在生命旅途中迷茫、困顿、求索的你有所助力，有所启迪。

本书得以出版，首先要特别感谢家人、朋友们的关心和周瀚光教授的鼓励，然后要特别感谢孔学堂书局的大力支持，最后要特别感谢责任编辑黄文华先生以及为本书出版付出辛劳的所有编辑人员。

雨舒

2024 年 10 月